우왕좌왕 수다책

우왕좌왕 수녀쌤

지 은 이 들풀

1판 1쇄 발행 2021년 3월 5일

저작권자 들풀
교   정 김은성
편   집 유별리
발 행 처 하움출판사
발 행 인 문현광
주   소 전라북도 군산시 수송로 315 MJ 하움출판사
I S B N 979-11-6440-745-3

홈페이지 http://haum.kr/
이 메 일 haum1000@naver.com

좋은 책을 만들겠습니다.
하움출판사는 독자 여러분의 의견에 항상 귀 기울이고 있습니다.

유아들과 함께 꿈을 노래한 33년

우요응오아요옹

우리 천사

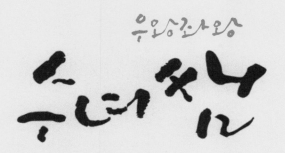

들풀 지음

수녀원에 입회하여 3년간의 수련을 받고 첫 서원을 한 후, 곧바로 유치원 사도직에 교사로 파견되었다. 아이들과 함께하면서 아이들에게서 나오는 여러 가지 생각과 행동들이 귀한 보석이 되어 다가오기에, 이런 보석들이 사라지지 않도록 기록하고 싶다는 생각을 한 적이 있었다. 바쁘게 수도생활과 사도직을 겸비하며 이런 보석들을 기록하는 것이 불가능하였는데, 33년 수도생활과 33년 교직생활을 한 후 뜻밖에 지난 일을 회고할 수 있는 시간이 주어졌다. 황당한 상황을 만나 곤혹스럽기 이루 말할 수 없었지만, 그래도 이 시간을 통해 나의 유아교육 교사로서 삶을 되돌아 볼 수 있었던 축복의 시간이었다.

여기에 등장하는 내용은 아이들의 예쁜 마음과 선한 지향들, 그리고 아이들을 지도함에 있어 내가 부족하여 빚어진 잘못에 대한 고백이요 부끄러움들이다. 우왕좌왕하며 교사 생활하느라 실수가 많았기에, 아이들에게 속죄하는 마음을 담아 글을 썼다. 그 잘못과 부끄러움 안에 아이들에 대한 사랑이 있었음을 감출 수 없기에, 부끄럽지만 과거 속으로 되돌아가 보았다.

'1부 · 씨앗은 바람을 타고'는 교사로서 아이들과 함께 생활했을 때의 이야기이고, '2부 · 열매를 향한 몸짓'은 원장으로 아이들을 지도했을 때의 이야기이며, '3부 · 또 다른 씨방'은 유아교육 현장에서 이루어진 여러 가지 교육활동 내용, 교육에 대한 생각, 경험, 철학 등으로 엮었다. 지극히 주관적인 이야기를 기록하였기에, 독자에 따라 모순된 점과 불편한 점을 발견할 수 있으리라 생각하지만, 혹시라도 그런 부분이 있으면 넓은 아량으로 이해해 주기를 바라는 마음이다.

수녀원 입회하기 전 교사 시절부터 원장으로 퇴임하기까지 33년은 참으로 은혜로운 시간이었다. 지나간 이야기들을 기억하며, 33년이란 긴 세월이 지났음에도 불구하고 마치 엊그제 일어난 일 같기에, 33년이란 세월의 속도가 받아들여지지 않았다.

아이들을 지도하기 시작했을 때부터 미래에 대한 희망으로 함께 꿈을 노래했다. 여러 가지 면에서 한국의 발전과 함께 좋은 세상이 되었지만, 과연 아이들이 정서적, 심리적으로 더 행복한 환경 속에서 살아가고 있는지 장담할 수 없다. 인생은 늘 불완전함 속에서 어느 것이 채워지면 또 다른 것이 빈 구석이 되는 것이기에, 모든 면에서 행복 할 수 없는 것과 같다.

그래도 꿈을 노래하고 희망을 그리는 작업을 멈출 수는 없으리라!

흔히 유치원은 제자가 없는 곳이라고 한다. 어린 나이에 부모에 의해 입학해서 교육을 받고나면 그걸로 끝나는 경우가 대부분이므로, 중고대학처럼 제자가 찾아오거나 동문회 모임에 은사로 초대되어 가는 일은 상상할 수 없다. 가끔 우연히 졸업생 학부모들을 만나면 한결같이 그 때 지도를 잘 해주셔서 감사하다는 말을 잊지 않는다. 수녀님 덕분에 인성이 제대로 된 사람으로 성장하고 있다는 이야기를 들을 때마다 반갑고 기쁘고 흐뭇하며 감사하기 그지없다. 그리고 그것만으로도 충분하다.

글 쓰는 동안 옛날 아이들과 교사들의 모습과 상황이 새록새록 떠올라 행복했다. 지금까지 내가 가르쳐온 사랑하는 아이들과 나를 많이 믿어준 학부모들, 그리고 나와 함께 아이들을 이끌어가기 위해 머리를 맞대어 고생하신 선생님들을 기억하며, 감사의 마음을 담아 이 글을 바친다.
또한, 인간의 삶에서 가장 기초적인 뿌리를 내리는 작업에 동참하여, 유아교육 현장에서 매일 천국과 지옥을 오가며 애쓰는 모든 교사들에게, 이 글이 잠시나마 위로와 힘이 되길 바라는 마음이다.

항상 나에게 새로운 지평을 열어주시는 대구가톨릭대학교 은사 신부님, 어떤 상황에서도 나를 믿고 지지해 주시는 ECHO 행복연구소 신부님, 출판에 관한 모든 정보를 안내해 주신 성바오로 출판사 수사님, 원고 하나 하나를 섬세하게 보듬어 주신 행복연구소 소장님과 선배 수녀님, 그리고 힘을 북돋아 주시는 여러 수녀님들께 마음 다해 감사드린다. 사랑하는 지인이 이 일을 준비하고 진행할 수 있도록 도움을 주어 또한 감사드리며, '나에게 힘을 주시는 분 안에서 나는 모든 것을 할 수 있다.' 필리피 4.13라는 말씀이 내 인생에 언제나 힘이 되어,

한 걸음 한 걸음 잘 걸어갈 수 있도록 이끌어 주시는 하느님께 온 마음으로 감사드리며 찬미 드린다.

지금쯤 40대 중반이 되었을 첫 아이들부터, 그동안 지도했던 모든 아이들과 함께한 교사들이, 각자 삶의 자리에서 행복한 삶을 살아가도록, 평생 이들을 위해 기도하며 살아가는 것이 얼마나 큰 축복인가!

1부 씨앗은 바람을 타고

2부 열매를 향한 몸짓

꿈 또다른 희망

1부

씨앗은
바람을 타고

🦋 나의 오른팔

　　○○유치원은 나의 첫 유아교육 교사로서 삶을 시작했던 곳이다. ○○○공원 입구에 있던 성당 내 유치원으로, 학부모들의 교육적, 경제적 수준은 당시 부산에서 최고였던 것으로 기억한다. 요즘은 인기 있는 유치원이라도 인터넷으로 프로그램에 등록하여 원아 선발을 하지만, 얼마 전까지만 해도 선착순으로 원아 모집을 하여, 유치원에 입학시키고자 하는 학부모들의 열의 때문에 유치원이 장사진을 이루었다. 1980년대 초 ○○유치원은 학부모들이 원서 접수를 위해 담요를 뒤집어쓰고 ○○○공원 입구에서 밤샘 대기하거나, 인근 여관 등에서 밤을 새우며 유치원에 입학시키려 했으니, 학부모들의 교육에 대한 열의를 가히 짐작할 수 있다.

　　그런데, 그런 분위기와 조금 동떨어진 아이가 우리 반에 있었는데, 공원 입구 작은 가겟집 아이였다. 부모님이 가게 하느라 아이에게 많은 관심을 가지지 못한 탓인지, 키 크고 체격이 좋아 힘도 세었으나 활동이 거칠어, 아이들이 쉽게 대하지 못하는 남자아이였다. 심지어 이야기 나누기 수업 시간에도 그 아이는 책상 밑으로 기어 다녔고, 책상 위에서 걸어 다니기도 하였으며, 지나다니면서 다른 아이들을 건드려 아이들과도 불협화음이 자주 생겨, 아이들도 몹시 힘들어하였다. 그럼에도 불구하고 어느 누구도 그 아이에게 싫다 말도 못 하고 모두 속앓이를 하고 있었으니,

초년병 교사인 나는 도대체 어찌하란 말인지….

이러지도 저러지도 못하는 어정쩡한 마음으로 나도 어찌할 바를 몰랐다. 학교에서 교육학적 이론 공부를 막 하고 나온 터라 온갖 방법을 연구하며, 마음을 다해 아동 중심으로, 아이의 마음을 헤아리려 애를 쓰고 고민하며 접근하였다.

다른 아이들과 다툼이 일어났을 때는 그 아이를 야단치기보다 다른 아이를 달래주고, 수업 시간에 책상 아래로 기어 다니면 못 본 체하고, 산만하고 엉뚱한 태도를 취할 때에도 그냥 넘어가며, 그 아이에게 화를 내거나 야단을 치지 않았다.

그러다가 약간, 아주 약간이라도 그 아이에게서 긍정적인 행동이 발견되면, 즉시 전체 아이들 앞에서 엄청난 칭찬을 해주었다.

"얘들아, 오늘은 ○○가 바른 자세로 공부를 잘하네, 정말 멋지다. 그렇지?"

"얘들아, 오늘은 ○○가 책상 위에 한 번도 안 올라갔단다. 잘했지?"

"얘들아 오늘은 ○○가 휴지를 주웠네, 정말 훌륭하다. 그렇지?"

그럴 때마다 안아주고, 뽀뽀해 주고, 머리 쓰다듬어 주며 그 아이를 인정해 주었다.

정말 속상하고 또 속상했지만 잘못한 일에 대해서는 무관심!

아주 조금이라도 잘못하지 않은 행동을 했을 때는 엄청난 칭찬!

그러면서 심부름도 시키고, 친구들을 대표하여 잘한 친구 머리 짚어주는 일도 시켰으며, 내 일을 대신하여 부탁도 하는 등 그 아이에게 역할을 하나씩 주었다.

그런데 정말 기적이 일어났다.
교사의 인정認定과 그 아이가 역할을 해내는 모습 때문인지, 다른 아이들이 그 아이를 보는 시선이 달라졌고, 아이들 시선이 달라지니 그 아이의 태도도 달라졌다. 수업 시간에 책상 위, 아래로 돌아다니는 일이 없어졌고, 무엇이든 나를 도와주려 노력하는 모습으로 바뀌었으며, 자연히 수업 태도도 아주 좋아졌고, 오히려 다른 아이들을 이끄는 모습으로 변화되어 그 아이는 어느덧 나의 오른팔이 되어가고 있었다.

사랑받지 못하고 인정받지 못한 경험을 한 아이들은 자신의 존재감에 대한 확신이 없다. 무엇을 잘해서 인정받는 것만이 아니라, 사람이 사람으로서 존재 자체를 인정받는 것은, 무한한 자신의 내적 잠재력을 발휘할 기회를 가지게 된다.
초임 교사 시절 그 아이와 함께했던 경험은, 평생 나의 교직 생활의 밑받침이 되었다. 교사가 아이들을 사랑하며 포기 없이 그 존재를 인정해 줄 때, 그 경험은 아이에게 인생을 바꿀 수 있는 큰 힘이 될 수 있음을 확인하는 시간이었다.
이후, 나와 함께 지냈던 교사들에게도 첫 교사로서 나의 경험을 누누이 이야기하며, 아이들에 대한 질책보다 스킨십과 인정으로 책임감을 불러일으키면, 아이들이 무한히 변화할 수 있음을 역설하곤 하였다.

똑같구나, 똑같아!!!

유아교육 현장에 있다 보면 갑작스레 놀라운 일들이 일어나, 당황해 말을 잇지 못할 경우가 종종 있는데, 아이들 신변에 문제 생길 때가 특히 그러하다.

놀이터에서 놀다 다치거나, 가만히 있다가 스스로 넘어져 다치는 경우, 책상 모서리에 부딪치는 일, 아이들끼리 싸우다 생채기 내는 일, 손톱으로 다른 아이를 긁어 손톱자국 내는 일, 대소변 실수하는 일 등등이다.

그런 일이 생길 때마다 교사들은 절절매며 어찌할 바를 모른다. 아이가 유치원에 있을 때 일어난 일이기에 교사들이 책임을 느껴, 학부모에게 긴장하며 이런 상황을 알리면 옛날 학부모들은,

"아이들이 놀다가 그런 건데요. 뭘! 선생님 너무 걱정 마세요."

"우리 아이가 별나서 그런 건데, 선생님 놀라게 해드려 죄송하지요."

대체로 이런 분위기가 많았다.

그러나 최근에는 상황이 많이 바뀐 것 같다. 굳이 이야기하지 않더라도….

그런데 무엇보다 교사를 당황하게 만드는 상황은, 아이가 갑자기 졸도하거나 까무러치거나 경련을 일으킬 때이다.

교사가 된 이후 아이가 까무러치는 상황을 접하게 되었는데, 이런 경험이 처음이라 어찌할 바를 몰랐다. 키 크고 체격도 좋으며 멀쩡하던 아이가 수업 중 갑자기 까무러치기에, 놀라서 소리를 지르며 다른 아이들은 교실에 남겨둔 채, 아이를 안고 양호실로 뛰었다. 양호실에 눕혀놓고, 온몸을 마사지하며 맘속으로 간절하게 기도하였다. 그때는 수녀가 아니었지만 착실한 신자였으니까 수건에 차가운 물을 묻혀 입에 적셔주고, 이마를 닦아주는 등 거의 본능적인 일사불란한 조치를 취하였다.

잠시 후, 아이가 약간 정신이 드는 듯하더니, 누운 채, 흐릿한 눈빛으로 나를 바라보면서 손으로 내 코를 잡아당기며,

"♬ 똑같구나 똑같아, 내일 다시 재보자 ♪"라고 소리를 내었다.

'에고, 이게 뭔 소린가!'

 그 아이가 한 소리는, 며칠 전 아이들에게 가르쳐 준 '키 재기'라는 노래였는데, 하필이면 까무러쳐서 누워있는 아이가 내 코를 잡아당기며 이 노래를 부르다니….

'이거 원, 이 긴박한 상황에서 내가 어떤 태도를 취해야 한단 말인가?

아이가 어찌 되었나?

아이가 제정신이 돌아와서 이러나, 아님 아직 제정신이 아니어서 이러나?

이런 상황에서 내가 어처구니가 없어 웃어야 하나?'

짧은 순간이었지만 온갖 생각들이 머리를 스쳐 지나갔다.

다행히 아이는 잠시 후 제정신을 찾았고, 나는 놀란 가슴을 쓸어내리

며 아이의 손을 잡고 교실로 데리고 가는데, 내 손과 발이 후들거림을 느꼈다. 이렇게 무겁고 체격 좋은 아이를 무슨 힘으로 안고 뛰었는지 아득한 생각이 들었다.

덕분에 나는 온몸이 아팠지만.

　교실에 가서 아무 일 없었다는 듯이 다시 열심히 활동에 임하는 아이를 보고, 정말 좋은 경험을 했다는 안도감이 밀려왔다.

이 경험을 하고 난 후부터는, 신입생 오리엔테이션 때 학부모들에게 반드시 아이의 특이한 건강 상태를 이야기해 달라고 하며, 그 상황이 일어났을 때 유치원에서 어떤 방법으로 아이에게 접근해야 하는지도 일러 달라고 부탁한다. 교사가 아이의 상태를 잘 인지하고 있을 때, 훨씬 더 능숙하고 안정적으로 아이에게 접근할 수 있기 때문이다. 학부모가 아이의 상태에 대해 부끄러워하거나 숨기고 싶은 마음도 있을 수 있으나, 아이의 건강 상태를 알고 있어야 위급할 때 적절하게 대처할 수 있으므로, 아이의 건강을 위해서라도 반드시 교사가 알아야 할 사항이라 생각한다.

　물론, 그 후로 다른 유치원에서도 가끔 경련하는 아이들을 만날 수 있었지만, 그리고 그때마다 당황하기는 마찬가지였지만, 두고두고 그 아이가 내 코를 만지며 불렀던 노래는 잊히지 않는다.

🦋 선생님이 더 예뻐요

흔히 아이를 앉혀놓고, "엄마가 더 좋아?, 아빠가 더 좋아?. 누가 더 예뻐?" 등의 질문을 통해 아이를 혼란에 빠뜨리게 한다. 대답할 수도, 안 할 수도 없는 난처한 상황임을 아이도 인지하는데, 눈치 있고 똑똑한 아이들은 "몰라! 똑같이 좋아!"라는 표현으로 위기를 모면한다.

수녀원 입회 전 교사하던 시절, 반 아이들이 담임인 나를 잘 따르고 좋아했다. 그래서 가끔 아이들에게 짓궂은 질문을 하였는데,
"얘들아! 선생님이 더 예뻐? 미스 코리아가 더 예뻐?"
물론 아이들도 미스 코리아가 예쁘게 생긴 사람이라는 것은 다 알고 있다. 그럼에도 불구하고 나의 팬들은 한 치의 망설임도 없이,
"선생님이 더 예뻐요!!" 하고 함성을 질렀다.
물론 나는 나의 미모를 누구보다 잘 안다. 평생 나에게 예쁘다는 소리를 진심으로 하는 사람을 한 번도 만나본 적이 없으니까.
그런데 아이들은 내가 미스 코리아보다 더 예쁘다 하니, 내가 얼마나 살맛이 났던가!
심지어 어떤 아이가 집에서 엄마 말을 안 들으면, 그 아이 엄마가,

"너! 엄마 말 안 들으면 네 선생님 못생겼다 한다!" 하고 협박하면, 그 아이는 즉시,

"엄마, 아니야! 말 잘 들을게, 우리 선생님 못생겼다 하지 마!"라고 할 정도였다.

그 아이에게는 담임 선생님이 못생겼다고 얘기하는 것이 큰 무기였다고 학부모가 웃으며 전해 주었다.

수녀가 된 후, 장미꽃이 보이면 아이들에게,

"수녀님 이름이 로사 즉, 장미라는 뜻인데, 지금 여기 있는 장미랑 수녀님이랑 누가 더 예뻐?"

눈치 빠른 아이들이 한결같이,

"수녀님이 더 예뻐요!"라고 대답하며 분위기를 아주 좋게 만들어주었다.

그런데 나이를 먹고, 시대도 변하고, 아이들도 맹목적인 시각을 갖고 있지 않아서인지, 최근의 아이들은,

"수녀님이 더 예뻐? 장미가 더 예뻐?"라고 질문하면,

'말이 되는 소리를 하시지, 어디 장미에다 견주실까?'

라는 듯이 아예 고개를 돌려버리고 대꾸조차 하지 않았다.

'세상 참 많이 변했구나! 옛날에는 무조건 자기 선생님이 최고 예쁘다 했었는데….' 하고 서운해하다가, '그래도 얘들이 세상을 제대로 보는 눈이 있구나!'라고 생각하며 혼자 미소 짓기도 하였다.

우리가 흔히 예쁘다, 미녀다, 잘생겼다고 하는 것은 지극히 주관적이며, 시대적인 관점이라 생각한다.

내가 생각하는 미녀의 역사는 이러하다. 조선 시대는 계란형 얼굴에 쌍꺼풀 없는 툭툭한 눈두덩에 앵두같이 빨갛고 도톰한 입술을 지니고 있는 사람을 미녀라 했다. 얼마 전까지는 쌍꺼풀이 뚜렷하고 금발이며, 얼굴이 작고 하얗게 생긴 여인을 미녀라 했는데, 요즘은 동양인으로서 특징을 잘 지니고 있는 사람을 미녀로 인정한다. 즉, 자신만의 독특한 개성을 지닌 사람이 오히려 더 아름다운 얼굴로 인정받는다는 얘기다. 시대가 변함에 따라 미녀의 관점도 변하기 때문에 주어진 자신의 모습에서 개성과 독특함을 연출하는 것이 더 아름답지 않을까?

겉으로 드러나 남에게 보이기 위한 치장보다, 내면의 아름다움과 풍요로움에 관심을 가지고 자신을 가꾸어 나가는 것이 더 바람직하다고 생각하기에, 학부모들에게도 아이들의 겉꾸밈에 마음 쏟지 말고, 속을 잘 채워나가도록 이끌어주라고 당부하였다.

아이들에게 고민거리를 제공하며 웃음거리를 찾던 시간도 흘려보내고, 진실로 자신의 모습에서 깊은 아름다움을 찾아야 할 나이가 되었는데, 어쩌다 거울에 비치는 모습에서 닦아야 할 내면의 모습이 온전히 맑지 않음을 볼 때, 아직도 갈 길이 멀다는 생각을 하며 마음을 추스른다.

🦋 ○○야, 정말 미안해!

오랜 시간 아이들을 지도했어도 제대로 못 한 부분이 있다. 그리고 아직도 어떤 방법이 더 나은 지도 방법인지 자신 있게 말할 수 없는 부분이기도 하다.

유치원에서는 생활 주제에 따라, 자신의 경험에 대한 것을 그림으로 그리거나 상상해서 그리는 것, 실제 사물을 보고 그리거나 밖으로 나가 산과 들을 보면서 그리는 것 등 다양한 그림 주제를 선정하여, 아이들이 그림으로 자신을 표현할 수 있도록 유도한다.

그때의 생활 주제는 우주에 대한 것이었다. 지구를 비롯한 태양계를 둘러싼 별들에 대한 것, 달의 변화에 대한 것, 미래의 우주에 대한 것, 우주선과 우주인에 대한 것들에 대해 이야기 나누기를 하였고, 폐품으로 우주에 있는 여러 가지 별, 우주선, 우주인 등을 만들어 교실에 모빌로 매달아 놓았으며, 교실 곳곳에는 우주에 대한 그림과 사진들로 가득 차 있었다.

다양한 활동을 통해 우주에 대한 지식을 습득하며 심미감을 느끼게 하는 등 충분한 활동으로 우주에 대해 많은 것을 아이들이 수용했으리라 믿었다.

　우주에 대한 다양한 활동을 거의 마무리할 무렵, 이제 우주에 대해 그림 그리는 시간이 되었다. 그림 그리기 전, 그동안 활동했던 여러 가지 상황들을 떠올리며 우주에 대한 정리를 시켰고, 배운 것을 토대로 이제는 상상력을 동원하여 그림을 그리도록 유도하였다. 눈을 감고 생각을 정리한 후, 하얀 도화지를 연상하며 도화지 위에 자기가 생각했던 그림을 어떻게 구성할 것인가를 상상하도록 하여, 그림을 그리기 시작하였다. 책상 사이를 다니며 아이들의 상상력을 일깨워 주고, 도화지 면의 구성에 관한 지도를 기분 좋게 하고 있었다.
시간이 얼마 지나지 않았는데 어떤 남자아이가,
"선생님 다 그렸어요!"
그 큰 도화지 위에 달랑 몇 개만 그려놓고, 흰 도화지 여백을 잔뜩 비워 놓았다.
"○○야, 참 잘했네, 그런데 여기가 너무 심심하지? 여기에도 좀 그려 넣으면 어떨까?"
그 아이는 교사의 말을 듣고, 교사가 가리키는 도화지 여백에 그림을 그려 넣었다.
잠시 후, 그 아이가 가만히 앉아있기에 가까이 가서 봤더니, 내가 그리라고 한 그 여백에만 그림을 그려놓고 또 다 그렸다며 앉아있었다.
"○○야! 여기 아직도 빈 곳이 많이 남아 있는데, 조금만 더 그려볼까?"
두세 번 정도 같은 상황이 연출 되었는데, 나중에 그 아이는 울상이 되어,
"나 못하겠어요."라고 하였다.
좋은 작품이 나오기를 바라며 도화지 면을 더 메우기를 바랐지만, 나

의 요구가 너무 과했는지 아이는 그만 두 손을 들어버렸다.

처음 "다 했어요."라고 했을 때는 미소 띤 얼굴로 나에게 이야기했는데, 더 그려보라는 횟수가 늘어날수록 아이의 얼굴이 굳어지더니 드디어 못 하겠다고 손사래를 친 것이다. 그래서 할 수 없이 그만 그리라 이야기하며 상황을 마무리하였다.

며칠 뒤 다른 주제로 활동한 후, 다시 그림 그리는 시간이 되었는데, 그 아이는 그림을 그리기보다는 내 눈치를 힐금힐금 보고 있었다. 지난 시간 나의 지도법 때문에 자신감을 잃고 내 눈치를 보고 있다는 느낌이 들었다. 가슴이 뜨끔하여 그 아이가 그릴 수 있도록 유도하고 본인이 그릴 수 있는 만큼만 그리도록, 의도적으로 더 이상 관심을 주지 않았다. 자칫 그림 그리는 것으로 인해 아이의 자존감과 자신감에 영향을 미칠까 싶어 한발 물러났다.

30년이 훨씬 더 지난 지금도 그때의 상황이 떠오르며 그 아이에게 미안한 마음이 생긴다.

교사의 욕심 때문에 아이에게 과한 것을 요구하며, 아이의 자존감을 떨어뜨리게 한 것이 아니었을까? 그 아이가 그 그림으로 인해 느낀 좌절감을 다른 일을 할 때에도 똑같이 느끼지는 않았을까? 지금 40대 초중반쯤 되었을 나이인데, 그때의 일로 인해 아이가 인생을 살아가는 데 있어 부정적인 영향을 미치지는 않았을까?

교사로서 아이에게 상처를 주었다는 생각을 떨쳐 버릴 수가 없다.

아이들에게 그림 그리기 지도하는 것이 쉽지 않음은 분명하다. 우리

나라 미술교육의 현장에서 그림 그리기 지도할 때, 도화지 면에 많은 그림을 채워 넣기를 바라는 우愚를 범하는 경우가 있다.

공간의 여백이나 여백의 아름다움을 익히 알고는 있으나, 막상 아이들 지도할 때는 빈 여백을 남겨두는 것이 왠지 미완성의 느낌이 들어 그런 듯하다.

　외국으로 그림 공부하러 간 사람들이 처음의 그림 실력은 훌륭하여 찬사를 받는데, 창작 활동을 더 깊이 할수록 미술가다운 예술 감각이나 창의력이 떨어진다는 얘기를 들은 기억이 난다. 많은 것을 화지 위에 잘 표현하는 것은 훌륭하나, 여백의 아름다움을 예술적으로 승화시키거나 본인의 독특성을 표현하는 부분은 부족하다는 뜻이다.

나 역시 아이들 그림 그리기 지도할 때 가능한 도화지 여백을 많이 메우는 식으로 지도를 해왔고, 이것이 아니라는 생각이 들면서도 여전히 해법을 찾지 못한 채 이 나이까지 왔다.

물론 현대의 수많은 예술인들이 자신만의 독특성을 엿보이며 훌륭한 작품 세계를 창조해 나가는 모습을 많이 접할 수 있지만, 재래식 교육을 받은 나로서는 그림 그리기 지도할 때 한계를 느낀 것이 사실이다.

　그때의 상황과 그 아이의 얼굴이 떠오르며, 교사로서 아이에게 지나친 요구를 하지 않았어야 했는데 하는 자책감으로, 지금도 미안한 마음을 가지고 있고, 성인이 된 그 아이를 어느 순간 만나게 되면, 그때 정말 미안했었다고 이야기하고 싶다.

교사의 지나친 욕심 때문에 받은 상처로, 아이의 인생에 누가累加되지 않았기를 바라는 마음으로….

🦋 딴 딴따 딴

첫 서원[1] 후 처음으로 ○○유치원에서 담임하던 시절, 나는 아이들에게 상당히 인정받고 사랑받는 한 마디로 인기 절정의 시기를 보냈다. 어떤 여자아이는 집에 가서 엄마에게 자기도 자라면 수녀님이 신은 것을 사달라고 보채었는데, 무엇을 보고 그러나 싶었더니 내가 교실에서 신고 있던 덧신을 두고 한 얘기였다. 겨우 덧신임에도 불구하고 자기 선생님이 신고 있으니 아주 좋아 보였던 것이다. 그 아이 엄마도 내가 신었던 덧신 소리를 듣고는 아이다운 생각에 귀여워하며 웃었던 기억이 난다.

유치원 마치고 집으로 돌아가는 통학 버스를 몇 번 탄 적이 있었다. 버스를 타면 수학 문제, 수수께끼 등 아이들과 재미있는 활동을 하며 갔는데, 아이들도 그것이 좋았던 모양이었다. 그래서일까? 내가 버스를 타지 못할 상황인데도 아이들은 나에게 함께 버스 타자며 졸라댔다. 내가 바쁘다고 이야기하면, 제발 한 번만이라도 함께 타달라고 애

---

1) 수녀원에 입회하여 3~4년간 수련을 받다가, 처음으로 하느님의 사람으로 예수님 닮은 삶을 살고자 약속하는 것을 말함. 첫 서원 후 비로소 바깥세상에 나와 세상 사람들과 어울리며 생활하게 됨.

걸복걸하며 매달렸는데, 그것을 뿌리친 것이 지금도 마음에 걸린다.
무엇이 그리 바빠 아이들의 청을 들어주지 못했던가!

　아이들과 교실에서 수업할 때는 거의 교사 주도적인 수업이 이루어
졌는데, 바깥 놀이터에 나가면 아이들이 하자는 대로 따라가는 아이
주도적인 활동으로 이루어졌다. 그래서 아이들은 바깥 놀이터에서 더
재미있고 적극적이며, 현실감 있는 구체적인 활동들로 시간을 채워갔
다. 바깥 놀이터에서의 나의 인기는 이루 말할 수 없었다. 인기를 유지
하기 위해 몸이 많이 고달플 수밖에 없었는데, 아이들 크기의 놀이 기
구를 이 큰 덩치가 함께 타야만 했고, 아이들이 타고 있던 놀이 기구를
힘들여 밀어주어야 했기 때문이다.
내가 입고 있던 옷은 수도복이라 다른 교사들보다 치마 길이가 길어
아이들이 손으로 잡을 곳이 풍성하였다. 어떤 때는 아이들이 우르르
모여 내 치맛자락을 뒤에서, 옆에서 잡고 '딴—딴따 딴---' 소리를 내
며 결혼식 놀이를 했는데, 아이들 비위를 맞춰주기 위해 속바지까지
보이며 함께 노느라 얼마나 용을 썼던지!!!
그래도 아이들이 좋다면야 무엇을 못 했으리오!

　요즘 사람들은 혼자일 때가 많다. 함께 어울려 서로 좋아하고 부딪
히기도 해야 원만한 인격을 지닌 사람으로 변화되어 가는데, 혼자 지
내는 시간이 많으니 다른 사람들과의 관계가 부담스러우며 귀찮고 힘
들게 느끼는 사람이 많은 듯하다. 함께 있으면 서로 배려해야 하고, 인
내해야 하며, 받아들여야 하는 등 마음 쓰임이 많기에, 서로 피하고 혼
자 있는 것이 훨씬 편하게 느껴지지만, 내면 깊은 데서 올라오는 외로

움을 느끼지 않는 사람은 없으리라 생각한다. 하느님께서 아담과 하와를 지어내시어 함께 어울려 지내는 것이 바람직하다고 보여주신 것처럼, 서로 어울려 지내는 것은 많은 에너지를 필요로 하지만 어울림을 통해 자신을 완성해 나갈 수 있다.

아이들과 함께 한참을 어울려 놀고 나면 에너지가 완전 고갈되어 기진맥진 되었지만, 아이들에게 맞춰주기 위해 인내하며 함께 어울린 가운데 끈끈함이 생겨, 더 기억에 남는 아이들이 된 것은 사실이다.
자기들의 선생님이라서 사랑해 주었고 따라주었던 아이들에게 한없는 고마움을 느끼며, 나 또한 아이들의 사랑을 먹으며 무럭무럭 성장하는 교사가 되었다.

🦋 국화반에 가면 되잖아요!!!

목포 ○○유치원은 그때 당시 유치원 입학이 하늘의 별 따기만큼이나 힘들었다.

서울에서 내려와 유치원에 입학한 어떤 남자아이의 엄마는 서울에서 남편이 이 외딴 시골로 발령을 받아 눈앞이 캄캄하였지만, ○○유치원에 대한 소문을 듣고, 오로지 유치원에 대한 희망만으로 그 지역에 내려올 수 있었다고 할 정도였다.

그래서인지 학부모들과 아이들의 유치원에 대한 자부심이 대단하였으며, 학부모들이 아이들에게 거는 기대도 많이 컸다.

만 3세 남자아이가 있었는데, 엄마의 바람은 그 아이가 자라서 신부님이 되는 것이었다. 가톨릭 신자들은 집안에 사제가 있는 것을 자랑스러워하며, 특히 자기 아이가 사제가 되기를 희망하는 사람들이 적지 않다. 그래서 그 엄마도 아이에게 늘 신부님이 되라고 이야기를 하였는데, 아이가 짜증이 나거나 고집을 피울 때는, "나 다음에 자라서 신부님 안 될 거야!"라고 투정 부리며 유세하듯 행세했다는 소리를 들었다.

나는 그때 만 5세 국화반 담임 교사였고, 그 아이는 옆 교실 만 3세 반 아이였다. 평소에 지나다니며 예뻐했던 터라, 하루는 그 아이와 함께 이야기를 나누었다.

"이다음에 자라서, 네가 신부님이 되면 수녀님도 참 좋겠다."

"예, 신부님 될 거예요."

"그런데 네가 신부님이 되면 수녀님이 너를 보고 싶을 텐데, 어찌하면 좋을까?"

"만나면 되지요?"

"그래? 그러면 네가 신부님이 되면, 우리 만나기로 하자."

"예, 좋아요. 수녀님!"

"그런데 네가 수녀님을 찾아와야 하는데, 수녀님을 어떻게 찾아올 거야?"

"국화반에 가면 되잖아요!"

아이들의 사고가 이렇게 단순해서, 어른들이 때로는 세상 복잡한 것 다 묻어버리고 아이들의 단순성을 닮고 싶어 하는지 모른다. 수녀원 수련 과정에서 단순한 삶에 대해 강조를 하기에 마음이 영 내키지 않았다. 인생을 고뇌하는 철학자처럼 복잡하게 사고하며 살아야 수준 있는 사람이라 생각하고 살아왔는데, 단순하게 살라 하니 왠지 수준 낮은 것처럼 여겨져 수긍이 가지 않았다. 그런데 시간이 지나고 기도에 맛을 들이면서, 단순한 삶을 통해 하느님을 더 깊이 체험할 수 있다는 깨달음을 얻었고, 연세 드신 수녀님들의 맑고 깨끗한 영혼을 접할 때 평생 닦은 단순함의 아름다움을 읽을 수 있듯이, 스스로도 점점 단순하게 변해가고 있음을 느끼며 살아가고 있다.

세월이 한참 지났는데 과연 그 아이는 신부님이 되었을까?
아직도 국화반에 찾아오지 않는 걸 보면 신부님이 안 된 것 같고. 그
지역을 떠난 지 오래되었지만, 그 아이가 신부님이 되어 국화반을 찾
아갔더라면 분명 나에게까지 연락이 와 닿았을 텐데, 아직 연락이 없
음은 분명 고무신 바꿔 신은 듯….

🦋 멋진 수녀님이 되어

흔히 유치원은 어릴 때 학부모 손에 이끌려 다니던 시절이라 담임 교사에 대한 기억을 하지 못하는 경우가 많다. 그래서 유치원 담임에 대한 이야기는 잘하지 못해도, 맛있게 간식 먹었던 기억을 떠올리는 사람들은 주변에서 자주 볼 수 있다.

이다음에 자란 아이들이 비록 나를 기억하지 못할지라도, 내일에 대한 기대감을 키워주기 위해 미래에 대한 상상의 나래를 아이들과 함께 펼치곤 했는데, 아이들에게 다른 나라에 대한 관심을 불러일으키려는 의도에서,

"얘들아! 우리 이다음에 만나서 수녀님이랑 함께 아프리카에 가보고, 북극도 가보고, 아메리카도 가보도록 하자!"

담임 수녀를 몹시도 잘 따르던 국화반 아이들의 눈이 초롱초롱해지면서 고개를 끄덕이며 다들 동의하였다.

"그 대신 공부 열심히 해서 훌륭하고 멋진 모습으로 만나는 거야!"라고 얘기했더니,

하나같이 우렁차게 "예!" 하고 대답하였다.

그중 여자아이 하나가,

"그럼, 그때 수녀님도 멋지게 하고 오세요!"

"응, 그래, 수녀님도 멋진 모습을 하고 너희들을 만나러 올게. 그런데 어떤 모습이 멋진 수녀님의 모습이지?"

"그때 만날 때, 수녀님도 귀걸이랑 목걸이하고 오세요."

잠시 '이건 뭐지? 귀걸이랑 목걸이를 하고 다니는 것이 아이들 눈에 멋지게 보이는 건가?'

물론, 그 또래 여자아이들이 많은 관심을 가지는 부분이 귀걸이, 목걸이 등이긴 하지만, 그래도 갑자기 아이들에게 미안한 생각이 들었다. 늘 같은 수도복에 패션의 변화를 가져올 때는 하복, 동복 두 번뿐이니, 아이들도 담임이 입은 옷을 보며 얼마나 답답함을 느꼈을까? 일반 교사들보다 예쁜 옷을 입고 아이들 앞에 서지 못하는 미안한 마음에 앞치마도 번갈아 입고, 예쁜 액세서리도 앞치마에 하나씩 달아 등장하기도 했는데….

아이들의 미적 감각을 일깨우고 변화를 주기 위해 색이 예쁘고 다양한 앞치마를 입고 나타나면, "왜, 앞치마를 입었냐? 수녀님이 엄마냐? 청소하냐?" 등의 소리를 들어가면서도, 수도복만 입는 담임으로서 아이들에게 심미감을 키워주지 못한다는 미안한 마음에 변화를 시도하였건만, 그것으로 충족이 되지 않았나 보다.

사람은 인생을 살아가는 나름의 철학이 있다. 인생의 소중함을 느끼며, 소신껏 자신의 일에 충실하고, 타인을 생각하는 열정적인 삶을 살아가는 사람을 일컬어, '멋진 삶을 사는 사람'이라 생각하며 살아왔다.

아름다운 외모를 보면 기분이 좋아지고 감탄할 때도 있지만, 타인을 생각하는 열정을 지닌 성실한 삶을 통해, 인생의 깊이와 품위가 전해 질 때 더 멋짐을 느낄 수 있다.

아이들에게 '멋진 삶'에 대한 철학을 구체적으로 가르쳐 주지 못했지 만, 유치원 선생님의 철학을 조금이나마 뼛속에 간직했을 것이라 믿기 에, 나와 함께 했던 아이들이 자라면서 타인을 위한 열정을 지닌, 멋진 인생을 살아가고 있으리라 기대한다.

나는 지금도 귀걸이, 목걸이를 하지 않는다.

그래서 그때 그 아이들을 아직도 만나지 못하고 있다.

🦋 물고기를 어떻게 가지고 다녔어요?

천주교 수도자로서 아이들이 예수님의 사랑을 받고 있음을 알려주기 위해, 종교교육에 매진하며 틈틈이 아이들에게 예수님의 이야기를 들려주었다.

어느 날, 빵 다섯 개와 물고기 두 마리로 오천 명을 먹이신 오병이어 기적에 대한 이야기를 하던 중이었다.

"예수님께서 빵 다섯 개와 물고기 두 마리로 기적을 행하셔서, 오천 명이나 되는 엄청나게 많은 사람들을 배부르게 먹이시고, 남은 것이 열두 바구니나 되었단다."

흥분하며 신나게 이야기했더니,

"와! 예수님 정말 굉장하시다!" 하며, 아이들이 진심으로 예수님의 능력에 감탄하였다.

흥분했던 나도 기분이 좋아 우쭐해 있었는데 한 아이가,

"그런데 물고기를 어떻게 가지고 다녔어요?"

순간 머릿속이 아득해지며,

'진짜 옛날 예수님 시대에 물고기를 어떤 식으로 가지고 다녔을까?'라는 의문이 머리를 스쳐 지나갔지만, 길게 생각할 겨를이 없었다. 왜냐

면, 내 입에서 말이 떨어지기를 학수고대하며 바라보는 아이들 눈이, 기대에 차 있기에 얼른 답을 해줘야 했다.

그래서 얼떨결에 명답을 하였다.

"어~ 꾼 거, 꾼 거를 가지고 다녔단다."

"꾼 거? 꾼 거가 뭐예요?"

'아니, 아이들이 꾼 거를 모르다니'

"거, 왜 불 같은 데 고기 올려서 꿉는 거~"

아이들이 이구동성으로,

"아~ 구운 거!" 하며 고개를 끄덕였다.

갑자기 뒤통수 한 대 맞은 느낌!

'어휴, 정말!!! 교사가 이게 뭐야!!! 사투리를 아이들에게 통역하게 하다니….'

나이가 들수록 자신의 아집과 자신만의 틀에 갇혀, 자신의 모습을 제대로 보지 못하는 경우가 있으며, 자신의 잘못에 대해서도 수긍하지 않으려는 태도를 자주 볼 수 있다. 다른 사람이 한 마디라도 도움을 주려 하면, 오히려 거기에서 분쟁이 발생하기도 한다.

자신을 완성해 가려고 노력하는 사람은, 아주 작은 일이나 작은 말에도 자신을 돌아볼 줄 알아야 한다. 그 작은 것에 매여 헤어나지 못하라는 의미가 아니라, 자신의 부족한 부분을 바라볼 줄 알아야 하고, 수정 가능한 부분은 수정하려고 노력해야 한다는 의미이다. 나이 든 사람의 옹고집은 다른 사람들에게 답답함을 주고, 관계를 매끄럽게 연결시키지 못하기 때문이다.

아이는 어른의 스승이라는 이야기가 있듯이, 그날 우리 아이들은 나의 언어 지도 선생님이었다. 교사의 발음이 서툴러 제대로 표현하지 못하는 것을 보고, 아이들이 당당히 선생님으로서 나에게 가르침을 주었으며, 교사라는 권위도 잊은 채, 낮은 자세로 아이들의 가르침을 잘 수용한 날이었다.

그로부터 거의 30년이라는 세월이 흐르고, 오천 명을 먹이신 기적에 대해 수없이 많이 이야기하고 묵상했건만, 그토록 구체적이고 실감 나게 받아들이며, 진심으로 예수님의 언어와 행동에 대해 감탄, 감동하는 모습을, 그 아이들 외에는 지금까지 본 적이 없다.
정말 기특하고 대견스러운 나의 선생님들!!!

🦋 집에 가라 했잖아요!!!

교사나 학부모들은 종종 아이들 지도할 때 잘못한 일이 있거나 말을 잘 듣지 않으면, "~안 해준다. ~하지 마라, 나가라, 들어오지 마라, 돌아오지 마라." 등의 협박성 표현으로 아이들을 문책하곤 한다.

점심 식사 후에는 으레 바깥 놀이를 하였는데, 일과 중 아이들이 가장 좋아하는 것이 바깥 놀이터에서 맘껏 뛰노는 시간이었다. 그리고는 다시 교실에 들어와 오후 실내 활동을 하였는데, 아이들이 바깥 놀이터에 머뭇거리며 가능한 교실에 늦게 들어오려고 꾀를 부리곤 하였다. 그날도 여전히 남자아이들 몇 명이 교실에 들어오라는 말을 듣고도 들어오질 않고 계속 놀이터에서 놀고 있었다. "친구들 교실에 들어오라고 전해 줘!"라는 말에, 먼저 들어온 아이들이 놀이터에서 놀고 있는 아이들에게 교실에 들어오라고 몇 번을 일렀는데도 여전히 들어오지 않았다.
교사의 한계가 드러나는 시간!!!

놀이터에서 놀다 마지못해 천천히 복도로 들어오는 몇몇 아이들에게,

"공부하기 싫으면 집으로 가!" 하고 소리 지르고, 나는 그만 교실로 들어와 버렸다.

아이들과 함께 이야기를 나누고 있어도 마음은 복도 아이들에게 가 있었는데, '이제 교실에 들어올 때도 되었는데, 들어와서 죄송합니다만 하면 괜찮은데….'라고 생각을 하며 수업을 계속했지만, 시간이 지나도 아이들이 교실에 들어오지 않았다.

그래서 살짝 복도에 내다보니 아이들이 보이지 않았다. 교실에 있는 아이들을 잠시 기다리게 하고, 복도에 있는 가방 넣는 사물함을 보니 가방도 없어졌다.

'이게 무슨 일인가! 아이들이 어디로 갔단 말인가!'

가슴이 철렁 내려앉았다.

놀이터에 가보려고 신발을 신고 얼른 뛰어나가고 있는데, 저 멀리 유치원 외부 언덕 쪽으로 걸어가고 있는 아이들의 모습이 눈에 보이지 않는가!

온 힘을 다해 달려가 아이들을 붙들어,

"어디에 가느냐?"라며 또 험한 소리를 질렀다.

"수녀님이 집에 가라 했잖아요. 그래서 가방 가지고 집에 가고 있는데요?"

아이들은 선생님 말씀 잘 듣는 모범 어린이의 표정으로 나를 바라보지 않는가!

정말 어처구니가 없었다.

'어휴! 그냥 겁주려고 야단하는 차원에서 한번 해본 말인데 진짜 가면 어떻게 하냐?'라는 원망의 말이 속에서 터져 나오려는 걸 간신히 참았다. 더구나 유치원이 산언덕에 있었기에 차량을 이용하지 않으면 아이

들 힘으로 도저히 집에 갈 수 없는 상황인데, 집에 가라 했다고 천진난
만하게 걸어가고 있었으니….

　어떻게 말을 해야 아이들이 제대로 알아들을는지. 일부러 그랬다 할
수도 없고, 가라 했다고 진짜 집에 가면 어떻게 하냐고 야단칠 수도 없
고, 말귀를 왜 이리 못 알아듣느냐고 문책할 수도 없고, 그냥 별말 없
이 터덜터덜 교실로 데리고 들어올 수밖에 없었다.
다음부터는 놀이터에서 교실에 들어오는 시간에 얼른 들어오자고 이
야기하며 사건을 끝맺긴 했지만, 지금도 생각하면 정신이 아찔하다.
만약 우리 유치원만 있는 언덕이 아니었더라면…
사람들이 많이 다니는 도로변에 위치한 유치원이었더라면…
30여 년 전의 이야기이긴 하지만 요즘의 시각으로 보기에 얼마나 큰
대형사고인가!
그래서 그 후로는, 아이들이 잘못해서 아무리 나의 화를 돋우더라도,
집에 가라 소리는 결코 하지 않았고, 교사들에게도 이런 식의 야단은
하지 않도록 지도하였다.

　사람의 마음을 언어로 표현하는 것이 적절하지 않아 오해를 불러일
으킬 수 있는 여지가 참 많다. 내가 의도한 것과는 다르게 상대방이 받
아들여 오해와 착각을 불러일으키기도 하고, 언어표현 방법 때문에 마
음이 많이 상하기도 한다. 그래서 여러 가지 대화법을 배우고 실천해
보기도 하지만, 어릴 때부터 형성된 언어습관이며 마음과 연결된 표현
이기에, 쉽게 수정 변화되지 않는 것이 언어표현이다.
최대한 자신의 마음을 잘 들여다보고 솔직하게 표현하려는 언어를 선

택하며, 또 말하는 상대의 마음을 읽어주려 귀 기울이는 노력을 하다 보면, 잘못 전달된 말의 표현으로 인한 오해가 덜 생기고, 서로의 인간 관계도 원만해질 수 있지 않을까?

'아무리 그래도 그렇지, 가방을 메고 어찌 그냥 집에 가냐고!!!'

🦋 신부님이 되려던 아이

예나 지금이나 한국 사람의 일본에 대한 감정은, 흥분을 유발시키기에 충분히 좋은 조건이다. 태어나면서부터 유전적으로 일본에 대한 반감 DNA를 가지고 태어나는 것이 아닐까 할 정도로 일본에 대한 적개심은 우리 핏속에 늘 흐르고 있는 듯하다. 교사인 나도 가끔 아이들에게 내 핏속에 물려받은 일본에 대한 적개심을 전수하였다.

그날도 일본에 대한 이야기가 수업 중에 나와, 한참 흥분하며 일본에 대한 적개심을 분출하였다. 열심히 이야기하다가, '겨우 만 5세밖에 안 된 아이들의 미래를 생각하면 내가 너무 심한 것이 아닌가?'라는 생각이 머리를 스쳐 지나갔다. '우리 어른들은 그렇다 치더라도, 이 아이들 세대에서는 일본과 화목하게 잘 지내는 것이 바람직할 텐데?'라는 생각이 들면서 갑자기 반전 태세로,
"그래도 일본 사람들은 검소하고 부지런해서 우리보다 더 잘산단다."
라며 어설프게 말을 바꾸었다. 1990년대 초반이니 그 시대만 해도 일본이 우리보다 경제적으로 잘사는 선진국이라 하였다.

그런데 내 말이 바닥에 채 떨어지기도 전에, 앞에 앉아있던 곱상하게 생긴 남자아이가 손을 번쩍 들었다. 약간은 흥분되고 뭔가 이의를 제기하려는 듯한 표정과 어투로,

"부자가 하늘나라에 들어가는 것보다 낙타가 바늘구멍으로 들어가는 것이 더 쉽다고 했습니다." 하고는 자리에 앉아버리는 것이 아닌가!

순간 머리가 새하얘졌다.

'어라, 이건 뭐지? 무얼 말하려고 하는 거지?

긴 성경 말씀으로 지금 나에게 이의를 제기하는 건가?

일본이 잘산다는 말이 기분 나빠서?

나의 의도와는 다른데?'

그러고는 얼른 사건 수습을 해야만 했다.

"그래, 부자가 하늘나라에 들어가는 것이 어렵기는 하지만, 그래도 열심히 부지런히 일해서 잘 사는 것이 나쁜 것은 아니란다."라고 설명을 했지만 영 석연치 않았다.

만 5세밖에 안 된 아이가 벌써 일본에 대한 적개심을 교사로부터 전수받았다는 말인가?

아이들에게 일본에 대한 교육을 어떻게 해야 한단 말인가?

여러 가지 착잡한 심경이 생긴 날이었다.

　　'천주교 사제가 되고 싶은 꿈을 가지고 있던 아이라 그런지, 어린 나이에도 그렇게 긴 성경을 외워 적절한 상황에서 표현하는 것을 보며 정말 사제가 되겠구나.'라고 생각을 했는데, 그 아이는 자라서 자신의 꿈대로 사제가 되었다.

그 아이가 성인이 될 만큼 많은 세월이 흘렀지만, 여전히 우리나라와

일본과의 관계는 풀리지 않고 있다. 우리나라와 경제적인 격차의 폭은 상당히 줄어들었고, 일본에 비례한 국민들의 자긍심 또한 대단히 성장하였으나, 우리나라 국민 중 일부를 제외하고는, 일본에 대한 우리 국민들의 적개심은 여전히 핏속에 흐르고 있음을 느끼며, 오늘도 일본을 마주하며 살아가고 있다.

🦋 알라가 뭐예요?

    경상도, 전라도, 제주도 할 것 없이 그냥 이름 불리는 대로 가서 그 지역에 뿌리를 내리며, 그 지역의 문화, 언어, 관습, 분위기 등을 접하면서, 새로운 사람들과의 만남을 통해 어렵게, 힘들게, 때론 신기하고 흥미진진하게 적응하려 애를 쓰며, 떠돌이 인생을 사는 삶이 우리 수도자의 삶이다. 이리저리 왔다 갔다 하다 보니 언어의 장벽을 느낄 때가 많은데, 그것을 깨는 것이 쉬운 일은 아니다.

    나는 부산 태생이라 지독한 경상도 언어를 구사하는 편이다. 다른 지역의 언어를 만나는 것이 호기심이 있고 표현상의 재미도 있지만, 통교 면에서는 신경 쓰이는 것이 사실이다.

때로는 영호남 지역 간의 반목 때문에 마음의 상처를 입을 때도 있었고, 그 지역 언어 환경에서 살다 보니, 본인의 의도와 상관없이 자신도 모르게 그 지역 언어가 몸에 배어 어설프게 흉내를 내기도 하였다.

특히, 유아들 앞에서 교사의 언어습관은 아이들의 언어표현에 많은 영향을 주므로, 최선을 다해 표준말을 사용하려 했는데 쉽지가 않았다.

전북 ○○유치원에 있을 때 하루는 어떤 아이가,

"수녀님, 왜 그렇게 촌 말을 써요?" 하며, 나를 약간 무시하는 투로 질문을 하였다. 이 말을 듣고 약이 올랐던지,

"네가 더 촌 말 쓰잖아!" 하고 아이에게 톡 쏘아붙였다.

'부산 사람에게 촌 말을 쓴다 하다니….' 하고 생각하면서도,

그 아이가 자신이 사용하는 언어와 다름에 대해 촌 말이라는 표현을 한 것이라 추측을 하였다.

어떤 날은 학부모가 와서,

"우리 아이가 집에 오면 경상도 말 흉내를 내는데 어디서 배웠는지 모르겠어요."

"아, 네~ 그래요?"

겉으로는 아무렇지 않게 응수했지만 속으로는,

'담임이 경상도 사람이니, 당연히 아이가 경상도 말을 담임한테 배워서 하는 거지….'

하며 속으로 미안해한 적도 있었다.

　어느 날, 한창 열성을 다해 수업을 하고 있는데 어떤 아이가 내 말을 가로채며,

"수녀님, 알라가 뭐예요?" 하고 질문을 하였다.

수업 중에 내가 '알라'라는 표현을 했던 모양이다.

'나이가 몇 살인데, 어찌 알라도 모를까?'라고 의아하게 생각하며,

"왜, 엄마가 안고 다니고, 분유 먹고…" 하면서 열심히 질문에 대답하였다.

그랬더니 그 아이가,

"응~ 아기!" 하며 고개를 끄덕였다.

순간,

'아차! 또 터졌군. 경상도 말이라 역시 해설이 필요하구나!'

교사인 나는 열성적으로 수업을 진행했건만, 경상도 사투리를 사용하니 아이들이 제대로 이해나 했을까? 그러니 저런 질문을 하는 거겠지?

아이의 이해하는 모습을 보며, 핵심을 파악하지 못하고, 열심히 질문에 대답해 준 내 모습에, 약간 뻥 해지는 느낌도 들었다.

'교사가 사용하는 언어는 아이들에게 모델이 되어야 하며, 수업의 질을 결정하고, 아이들의 몰입을 도와주는데 뜻대로 되지 않는구나!'라고 생각하며, 아이들에게 제대로 된 언어를 구사해 주지 못한 미안한 마음이 지워지지 않았다.

그래도 내가 사용했던 경상도 언어를 통해, 문화의 한 부분을 아이들이 체험할 수 있었으리라 생각하며 스스로 위안을 하였다.

🦋 김일성 수령 동지보다 높아!!!

 집안에 수도자가 있어 그런지 수녀 알기를 우습게 아는 아이가 있었다. 명색이 수녀가 담임 교사임에도 불구하고, 담임 말을 귓등으로 들으며, 때로는 담임인 나를 무시하기도 하였다.

 어린이집에서의 점심 식사를 위해 집에서 개인 수저통을 가지고 다녔는데, 교실에 들어오는 대로 자신의 가방에서 수저통을 꺼내어, 교실에 준비된 바구니에 담았다.
점심시간에 당번 아이가 수저통 담긴 바구니를 식당 입구에 갖다 놓으면, 각자 자신의 수저를 찾아 식사를 하였으며, 사용한 자신의 수저통을 다시 바구니에 담아놓으면, 당번이 다시 교실에 바구니를 가져다 놓았다.
당번이 가져온 바구니에서 자신의 수저통을 찾아 집으로 가져가야 하는데, 바구니에는 주인이 찾아가지 않은 몇 개의 수저통이 항상 담겨 있었다. 귀가 지도할 때 늘 주인을 찾아줘야 하는 번거로움이 있어 마침내 아이들과 약속을 하였는데, 자신의 수저통을 제때에 찾아가지 않으면 쓰레기통에 버리는 것으로 규칙을 정하였고, 아이들이 나름 신경 쓰며 자신의 수저통을 잘 챙겼다.

그러던 어느 날, 담임인 나를 얕잡아 보던 아이의 수저통이 바구니에 담겨있는 것을 발견하였다. 이때다 싶은 마음이 들어, 아이들이 다 같이 있는 앞에서 보란 듯이, 수저통을 쓰레기통에 버리겠다고 으름장을 놓았다. 그랬더니 그 아이가 수저통을 돌려달라며 전전긍긍 애걸복걸 하지 않는가!

기세등등해진 나는 수저통을 쓰레기통에 버리겠다고 온갖 시늉을 하다가, 마지못해 용서하는 척하며 수저통을 돌려주었다.

그 사건으로, 나를 얕잡아 보던 그 아이의 태도가 180도 달라졌으며, 그 날 이후, 그 아이는 나의 말에 완전히 100%이상 승복하는 충복이 되었다.

　어느 날, 그 아이 엄마가 어린이집에 와서,

"도대체 수녀님이 어떻게 하셨기에 아이가 담임 수녀 얘기만 나오면, 수녀님에 대한 최상의 존경을 표한다."며 비결을 물었다.

예를 들어, 엄마가 일부러 아이의 반응을 보기 위해 담임을 일컬어 '수녀'라 하면, 그 아이가 버럭 역정을 내면서, '수녀가 아니라 수녀님'이라 해야 한다고 했단다.

엄마 말은 잘 듣지도 않는데, 수녀님이라 하면 충성을 다하는 아이를 보고 그 아이 엄마는,

"수녀님은 김일성 수령 동지보다 더 높은 분이시군요!"라며 농담을 하였다.

　인간에게는 동물성의 성향이 있기에, 때때로 약육강식의 생존 법칙대로 행동하는 모습을 볼 수 있다. 자기보다 약하다고 생각하는 사람

에게는 강하게 행동을 취하면서, 자기보다 강하다고 생각하는 사람에게는 눈치껏 행동을 한다. 이런 상황은 어른들에게만 일어나는 것이 아니라 아이들 세계에서도 여실히 드러난다.

자기보다 공부 잘하거나 힘이 센 아이에게는 유순하게 저자세로 대응하고, 힘이 약해 보이는 아이에게는 약간 무시하는 듯한 경향을 표출한다. 만 5세 아이가 담임 교사와 이렇게 힘겨루기를 하였는데, 또래 친구들 사이에서는 오죽하랴!

교육 현장에서 상호 존중과 배려의 관계가 아니라, 힘으로 서열을 정하려는 심리적 줄다리기를 할 때가 가끔 있다. 아이들이 연출하는 그런 상황이 때로는 의아하고 재미있기도 하지만, 이는 가정에서 사회로의 삶의 방향을 확대하려는 시기에 거치게 되는 한 과정이기도 하다.

다행히 자기 물건에 애착을 가진 아이였기에 내 방법이 통했고, 그로 인해 나는 그 아이에게 영웅이 될 수 있었다.

🦋 머리가 안 빠져요

　○○어린이집에는 2층에서 1층으로 내려가는 외부경사로가 있는 데, 위험 방지를 위해 당연히 난간이 설치되어 있었다.

점심 식사 후에는 아이들이 바깥 놀이터에서 삼삼오오 놀이 기구를 타고, 모래 놀이도 하며 잡기 놀이도 하는 등 신나게 놀다가, 오후 수업 시간이 되면 놀이터를 아쉬워하며 교실로 들어오는데, 신나게 논 탓에 온 얼굴에 땀범벅이 된 아이들도 있었다.

　어느 날, 바깥 놀이를 끝내고 교실에 들어와, 다들 자기 자리에 앉아 숨 고르기를 하고 있는데, 2명의 여자아이 자리가 비어있었다. 아이들에게 2명 친구가 어디 있냐고 물어봤더니 다들 모르겠다는 눈치다.

그래서 어떤 아이에게, 여자아이 2명을 찾아보라고 교실 밖으로 내보냈는데, 잠시 후 교실로 뛰어 들어오더니, "1명이 머리가 끼여 못 와요!"라며 소리를 질렀다. 무슨 소린가 싶어 얼른 바깥 난간 쪽으로 가보니, 여자아이 2명이 난간 옆에서 어쩔 줄을 모르며 애태우는 모습이 보였다. 동생 되는 여자아이의 머리가 난간 사이에 끼어 빠지지 않아, 몸은 이쪽 경사로에 있고 머리는 난간 저쪽으로 나가 있었으며, 얼굴은 죽을상이 되어있었고, 언니 되는 아이는 머리를 잡아 빼내려고 안간힘을 쓰고 있었다.

  너무나 놀랐으나 마음을 진정시키고, 상황을 제대로 파악하기 위해 재빠르게 머리를 굴렸다. 어찌 된 일이냐고 언니 되는 아이에게 물었더니, 자기가 난간 사이에 머리를 한번 넣어서 뺐는데, 동생 되는 아이가 언니 따라 한다고 머리를 넣긴 넣었는데 빠지지 않는다고 하였다. 얼핏 보아도 동생 되는 아이의 머리가 더 커보였다. 그래서 넣기는 넣어졌는데 빠지지 않았다.
이런 난감한 일을 어떻게 해결해야 하나? 이 위급한 상황에 교사는 혜성처럼 머리를 굴려 위기를 해결해야만 하는데 대책이 서지 않았다.
순간, 어떤 구멍에 사람의 몸 중에서 머리만 들어가면 몸통 전체가 다 들어갈 수 있다는 생각이 떠올랐다. 그래서 난간 사이로 몸통을 밀어 빼내려고 하니, 웬걸 2층에서 1층으로 내려가는 곳이라 여기서 아이의 몸통을 밀어 빼내면, 아이는 2층에서 1층으로 떨어져야 한다는 소리인데 이건 불가능하다는 판단이 들었다.
그래서 하는 수 없이 머리를 앞으로 당기기로 하며,
"수녀님이 머리를 당겨서 빼낼 텐데, 아프더라도 잘 참아야 해!"
머리를 잡고 적당히 방향을 틀어가며 난간 사이로 머리를 살살 잡아당겼다. 아이가 움찔하며 고통스러워하는 표정이었지만, 사태의 심각성을 본인도 알아차리고 여기서 머리를 빼내야 한다는 결의를 하였는지 잘 참았다.
그 순간, 하느님께 가장 강렬한 기도를 쏘아 올리며, 코와 이마 등을 조절하여 당겨내니, 드디어 머리가 쑥 빠져나왔다.

'어휴! 다행, 살았다! 하느님 진짜 땡큐입니다!!!'
아이도 죽을 고비를 넘긴 듯 한숨을 쉬었고, 위기감에서 해방된 상황
을 인지한 터라 아프다고 울지도 못하는 것 같았다.
이제 괜찮으니 걱정하지 않아도 된다는 안정감을 느끼도록, 아이를 꼭
안아주며 상황을 마무리하였다.

   또 한 번의 고비를 넘긴 하루였다. 아이들과 함께 생활하다 보면 하
루에도 여러 번 위기의 시간이 다가온다. 전혀 예상치 못한 상황에서
상상할 수 없는 일들이 벌어지곤 하는데, 아이들은 언제 어디로 튀어
오를지 모르는 용수철과도 같다. 주의를 기울여 세심하게 보살피더라
도 사건은 순식간에 일어나므로 속수무책일 경우가 생긴다.
그때마다 얼마나 현실감 있는 간절한 기도를 바쳤던지….
살아있는 간절한 기도 덕에 위험에서 구해 주시는 하느님의 능력을 체
험하며, 동시에 아이들에 대한 하느님의 사랑을 또한 체험하곤 했다.

   하느님의 돌보심 아래 아이들과 함께했던 순간순간들이 얼마나 감
사로웠던지!!!!

🦋 선행상을 탔어요

애지중지 키우던 아이들이 유치원이나 어린이집을 졸업하고 초
등학교에 진학하면, 학교에서 어떻게 생활하고 있는지 무척 궁금하고
염려가 되었다. 배운 대로 잘 생활해야 할 텐데, 혹시라도 부족하거나
적응 못 하는 아이들이 있지 않을까 하고 마음이 자주 졸업생들에게
향하였다.

가톨릭계 유치원이나 어린이집을 찾는 학부모들 대부분은 인성교육
에 주안점을 두고 기관을 찾아와 아이들을 맡긴다.[2] 인성교육의 효과
가 현실적으로 나타나므로 학부모들의 선호도가 높은 것이다. 인성교
육의 내용은 다양하지만, 그중에서 동생을 잘 보살피고, 동생에게 모
범이 되어야 하며, 동생을 잘 이끌어주어야 하는 사명감이 연장자 아
이들에게 부여된다. 견학 갈 때 걸음의 보폭도 동생 보폭에 맞춰 주어
야 하고, 손을 잡고 갈 때도 부드럽게 잡아야 하며, 동생에게 말을 할
때도 상냥하게 해야 하고, 동생이 잘 못하는 것이 있으면 도와주고, 밥

---

[2] 윤은주(2014). 한국 가톨릭 유아교육 기관 운영 실태 조사(원장, 교사, 부모를 대상으로).
한국천주교 여자수도회 장상연합회 유아교육분과위원회. p.25

을 먼저 먹고 동생 밥 먹는 것도 도와주어야 하는 등.

집에서는 다 아기처럼 대접받는 아이들이, 유치원에서는 겨우 한두 살 차이 나는 상황이지만, 연장자의 자격을 부추기며 바르게 행동하도록 지도하는데, 이는 책임감과 리더십을 키우려는 의도적인 지도법이다. 그렇게 지도한 결과, 연장자가 동생에 대한 애틋함과 책임감으로 교사 못지않게 잘 보살핀다. 화장실에 따라가서 도움을 주고, 옷을 입고 벗을 때도 도움을 주며, 동생들이 잘못하는 것이 있으면 타이르기도 하는 등 형과 동생 사이가 끈끈하게 형성된다. 혼자 자라는 아이들이 유치원이나 어린이집 환경을 통해, 아래위 인간관계 형성하는 법을 배우는 기회가 되며, 동생에게는 형이 롤 모델이 되기도 한다.

그해에도 졸업생들을 배출하고 가끔 마음을 초등학교 쪽으로 빼앗기곤 했는데, 졸업생 여자아이가 특별 선행상을 받았다는 아주 반가운 소식이 들려왔다.

학교에서 1학년들이 봄 소풍을 갔는데, 그 반에 장애를 지닌 친구가 한 명 있었다고 한다. 누가 하라고 지시도 하지 않았건만, 우리 졸업생이 그 친구를 끝까지 보살피는 것을 본 교사들이, 대견스러움에 놀라워하며 학교에서 특별 선행상을 만들어, 우리 졸업생에게 시상했다는 소식이었다. 공부를 잘해서 상 받았다는 소식보다 훨씬 더 기분 좋고 감동을 안겨주었다.

윌리암 제임스의 '우리가 생각을 바꾸면 행동이 바뀌고, 행동을 바꾸면 습관이 바뀌고, 습관을 바꾸면 성품이 바뀌고, 성품을 바꾸면 당신의 운명이 바뀐다'는 말이 있다. 이는 습관의 중요성을 이야기한 것인데, 그 졸업생은 어린이집에서 동생들을 보살피고 도와주던 것이 습관이 되었고, 습관이 되었기에 자연스레 학교에서 자신보다 어려운 친구를 만났을 때 몸에 밴 습관이 표출되었다. 그 습관 덕에 다른 사람들로부터 인정을 받고 상까지 받았으니, 분명 습관으로 인해 운명이 바뀔 수 있음을 증명한 듯하였다.

어린이집에서의 교육 활동을 통해, 다른 사람에게 배려하는 습관을 들인 그 아이는 그 경험으로 인해, 평생을 다른 이에게 봉사하는 삶을 살아갈지도 모른다는 생각에 큰 기쁨과 보람을 느꼈다. 또한, 물리적, 감각적인 그 무엇으로 측정할 수 없지만, 다른 사람을 배려하는 습관을 들이는 것이 올바른 인성의 뿌리를 내리는 것만은 확실한 듯하다.

🦋 왜 입이 툭 튀어나왔어요?

　아이들은 자기들과 함께 지내는 나를, 나름대로 관심을 가지고 관찰하는 듯하였다.

흔히 아이들이 많은 관심을 가지고 있는 것이, 자신의 나이와 그에 맞는 12지신의 띠이다.

아이들끼리 서로, "나는 일곱 살이라 무슨 띠이고, 동생은 네 살이라 무슨 띠이다."라며 자랑스럽게 의사소통을 한다.

그러다가 옆에 서성거리는 내가 눈에 보이면,

"수녀님은 몇 살이에요?"

"응, 열여섯 살!"

예전 아이들은 그냥 "아, 네~" 하며 이내 수긍을 했는데,

내가 나이를 먹고, 얼굴에 나이 든 티가 났던지,

최근 아이들은 내가 열여섯 살이라 하면,

"으응, 우리 형은 몇 살인데…? 우리 엄마는 몇 살인데…?"

하며 내 말에 수긍할 수 없다는 표정을 지었다.

"수녀님은 무슨 띠예요?"

"응, 수녀님은 코끼리띠!"

"아 하! 코끼리띠구나!"
전혀 의심하지 않고 아이들은 나의 말을 잘 믿었다.
하지만 최근의 아이들은, 내가 코끼리띠라고 하면, 별 대꾸는 하지 않았지만, 영 이상하게 믿지 못하겠다는 표정을 지으며 고개를 갸웃거리기도 하였다.
아이들이 점점 똑똑해지고 있다는 증거이다.

　누구보다 내 얼굴의 상태를 내가 잘 아는지라, 거울 보는 것도 피하며 살아가고 있는데 어느 날,
어떤 아이가 나의 외모를 찌르는 질문을 하였다.
특히, 구강 부분이 남보다 더 돌출된 상황을 내가 잘 알기에 얼굴이 예쁘다든지, 잘생겼다든지, 균형이 잘 잡힌 얼굴이라든지 하는 소리는 애초부터 들을 생각조차 하지 않고, 고만고만 살아가고 있는데, 그 아이는 나의 얼굴을 걸고넘어진 것이다.
"수녀님은 왜 입이 툭 튀어나왔어요?"
순간,
'야! 이건 너무 직설적인데?'
그러나,
교사로서 이만한 일에 아이에게 화를 낼 수는 없는 것!
"응, 수녀님은 수박 잘 먹으려고 입이 툭 튀어나왔단다!"
나의 야심 찬 대답에 아이의 반응은,
'아! 그렇구나!' 정도에 그쳤다.
내 말을 믿는다는 뜻인가?

아이들과 수준에 맞는 대화를 하면 무척 재미있다. 나의 허풍이나 거짓말에도 아랑곳하지 않고 믿어주거나 동조해 주니, 그만하면 충분히 즐거운 대화가 될 수 있다. 얼토당토않은 내 말을 잘 들어주고, 때로는 고개를 갸웃거리며 이상한 표정을 짓는 아이들을 보면서, 순진한 아이들의 태도에 혼자 흐뭇한 표정을 짓기도 하였다. 혹시라도 자라서 나의 말을 조금이라도 기억하는 아이가 있다면, '참, 우리 수녀님은 거짓말을 너무 잘하는 사람이었네.'라고 생각할지 모르겠지만, '그래도 우리 수준에 맞춰 주려고 애를 쓰셨구나!'라고 생각해 주기를 바란다.

그래도 나는 속으로 늘 생각한다.
내가 만약 조선 시대에 태어났더라면, 분명히 미인 소리를 들었을 거라고.
약간 계란형의 얼굴에다 두툼하고 세련되지 못한 입술, 쌍꺼풀 없는 전형적인 동양인의 눈, 오똑하지 않은 코 등.
옛날 조선 시대 미인들의 사진을 보니 영판 나의 모습과 닮았음에,
나는 속으로 나의 미모에 대해 자부심을 느끼려 애써 노력한다.

🦋 배고팠겠다!!!

그날 아이들과 함께한 수업은 노아의 홍수였다.

노아의 홍수는 『구약성경』에 나오는 이야기로, 어느 날, 하느님께서는 노아라는 선한 사람을 택하여 큰 배를 만들게 하셨다. 그리고 가족들과 갖가지 동물들을 배에 태운 후 40일 동안 비를 내려, 온 세상을 홍수로 떠내려 보내고, 노아의 가족과 배에 탄 동물들만 살아남았다는 내용이다.

종교교육 시간에는 아이들이 유독 집중을 잘하고, 호기심 가득한 눈으로 진지하게 나를 향했는데, 특히, 노아의 홍수 이야기는 아이들이 좋아하는 내용 중 하나로, 아이들이 좋아하는 동물의 모형을 직접 만질 수 있기 때문이다.

그날도 큰 배를 상징하는 모형을 세팅한 후, 여러 가지 동물들과 새들을 흩어놓고 아이들이 한 명씩 나와 동물 이름을 이야기하며, 한 쌍씩 큰 배에 태웠다. 서로 나와서 해보려는 아이들의 열망과 그 열망을 수업 동기로 적극 활용하여, 수업 태도 좋은 아이들의 이름을 불러 활동하게 하니, 동물을 만져보고자 하는 아이들의 수업 태도와 집중도는 더 이상 말할 나위가 없었다.

동물들을 배에 다 태우고, 노아와 가족들의 이름을 부르며 사람 모형도 태운 뒤 배 문을 닫았다. 좀 더 실감 나는 수업을 진행하기 위해 홍수가 내리퍼붓는 음향을 틀어주니 수업 분위기는 절정에 이르렀다.

홍수가 40일 동안 내렸다는 소리에 어떤 아이가,

"그럼, 새벽에도 왔어요?"

"그럼~ 40일 동안 밤낮으로 왔으니 당연히 새벽에도 왔지."

잠시 후 다른 아이가,

"배고팠겠다!"라며 혼자 소리하는 걸 들었다.

그 순간 '어머나, 정말 어떻게 했지? 뭘 먹으며 배 안에서 40일을 지냈을까?'라는 생각이 들었지만, 그냥 지나쳐 버렸다.

   수업을 마친 후, 아이들이 사실적이며 구체적으로 성경 내용을 받아들이는 것에 대해 다시 생각하였다. 그동안 노아의 홍수를 읽고 이야기한 적이 얼마나 많았던가! 그런데 실질적으로 배에 탄 사람들과 동물들의 삶에 대해서는 구체적으로 한 번도 생각하지 못한 것 같았다. 그래서 다시 성경을 펴서 그 대목을 자세히 읽었더니, '먹을 것을 실었다'라는 표현이 나오지 않는가!

아이들 덕분에, 더 구체적이고 세밀히 현실에 맞게 반추하며 성경을 읽어야겠다는 생각을 하면서, 나의 성경 읽는 태도를 반성하였다.

그 일이 있은 뒤 한참이 지난 어느 날, 문득 그 수업 시간이 떠오르면서, '왜 하필이면 그때 그 아이가 배고픈 것에 대한 이야기를 했을까'라는 생각을 하였는데, 순간 머리를 꽝하고 치는 것이,

바로 그 수업 시간 다음이 점심 식사 시간이었다.

식사 시간이 되어가니, 그 아이가 아마 배가 고파서 그런 생각을 하게 된 것이 아닐까? 라는 추측을 하며 혼자 피식피식 웃었다.

신자들이 수없이 성경 말씀을 읽고 듣고 하지만, 과연 얼마나 실질적이고 구체적으로 내 삶까지 가지고 와, 지금 당장 현실적으로 수용하는지에 대해서는 의문이 든다. 생활에서 살아 움직이는 말씀을 체험하며 살아가기를 하느님께서는 원하실진대, 읽는 것과 듣는 것, 생활하는 것이 삼권분립이 되어 살아가는 경우가 허다하다.

어른들에 비해 성경 내용을 구체적이고 현실적으로 받아들이는 아이들의 지혜는, 세상일에 몰두하여 살아가는 우리 어른들에게 일침을 주는 것 같다.

아이들 덕분에 귀한 것을 깨달아, 성경 말씀과 내 생활이 하나로 일치되기를 갈망하며, 성경 말씀에 따라 더 구체적인 삶을 살아가기를 오늘도 희망하며 노력한다.

🦋 옷 좀 빌려주세요

　열정으로 실패를 두려워하지 않던 젊은 시절에, 과감한 종교교
육을 아이들에게 시도하면서 즐거움과 보람을 느끼던 때가 있었다.
○○○유치원에서 담임으로 있을 때, 수업은 우리 반 아이들 위주로 하
였지만, 종교교육은 전체 아이들을 대상으로 실시하였다. 교사들에게
지침과 방법을 설명해 주면, 만 3, 4세는 교사들이 교실에서 진행하였
고, 만 5세는 내가 직접 수업을 하던 상황이었다.
만 5세 아이들이 그때 당시 80명 정도였는데, 만 5세 아이 전체를 대
상으로 하는 종교교육 시간이었음에도 불구하고, 교사들의 도움 덕분
인지, 내가 지도를 잘한 덕분인지 아이들의 호기심과 집중도는 대단하
였다.
　호기심 어린 눈빛으로 나에게만 집중하는 아이들의 마음속에 하느
님에 대한 사랑이 무럭무럭 자라는 것 같았고, 여러 가지 종교교육 자
료에 대한 관심도 높았으며, 상상을 초월할 정도로 재미있어했다.
심지어 예수님의 최후 만찬 수업 때에는, 200여 명의 아이들이 좁은
강당에 옹기종기 모여앉아, 빵과 포도 주스만으로도 충분히 집중하며
흥미진진하게 활동에 참여하였다. 빵과 포도주를 놓고 예수님께서 기

도하시니, 빵과 포도주가 예수님의 몸과 피로 변했다는 상황이 아이들에게는 상당한 신비감을 불러일으켰고, 이 빵과 포도주를 한 번 먹고 마셔보고 싶어 하는 아이들의 열망이, 더욱 실감 나는 만찬 예식을 연출하였다.

교사들이 나눠주는 한 조각의 빵과 한 모금씩 마시는 포도 주스로 인해 예수님의 몸과 피가 자신의 몸속에 들어가, 마치 착한 아이로 변신할 듯한 착각에 빠지며, 신비감 속에서 적극적으로 수업에 임하였다.

　아이들의 몰입도와 흥미 유발에 대해 교사들 또한 탄복하며, 수업 후 교사들과 함께 평가를 하였는데, 결론은 수도복 때문이었다.

교사들이 수업할 때는 아이들이 저렇게 집중하거나 흥미를 보인 적이 없었는데, 내가 수도복을 입고 수업한 까닭에 아이들이 집중하고 흥미로워했다는 교사들의 평가가 내려지면서, 교사들이 이구동성으로, "수녀님 옷 좀 빌려주세요." 하며 다 함께 웃음으로 나를 채근하였다.

　유아들의 집중도는 15~20분 정도라고 유아교육학에서 공부한 기억이 있다. 많은 경험을 한 유아교육 현장의 교사로서 이에 대해 전적으로는 동의하지 않는다.

재미있고 아이들의 흥미를 충분히 유발시킬 수 있는 활동내용이면, 아이들도 어른 못지않게 잘 집중하는 것을 많이 봐 왔기 때문이다. 문제는 어른들이 아이들의 성향에 대한 인식이 부족하고, 아이들의 상황을 잘 파악하지 못하기 때문에, 아이들의 관심을 집중시킬 수 있는 상황으로 끌어내지 못하는 데 있다.

　산만하고 집중력이 낮은 아이들에 대해 부모가 많은 걱정을 하는데,

주변 환경에서 오는 여러 상황들이, 아이들을 집중시킬 수 없기 때문에 생기는 현상이라 생각하므로, 아이의 상황을 잘 파악하여 집중할 수 있는 여건을 만들어 주면, 충분히 집중할 수 있다는 믿음을 나는 가지고 있다.

   아이들에게 종교교육을 하며 나름대로 정립한 것이 있다면, 수도복을 입고 수업을 해서가 아니라, 여러 가지 유치원에서 하는 교육 활동은 교육기관이나 방송 미디어에서 흔하게 접할 수 있기에 흥미도와 집중도가 떨어지는 반면, 종교교육에 대한 것은 아이들에게 새로운 분야이며 다른 데서 접할 수 없는 내용이기에, 호기심에 의한 집중과 흥미도가 올라간다는 결론을 내릴 수 있었다.
그래서 아이들과 함께하는 종교교육은 상당한 매력이 있고, 교사가 조금만 준비하면, 아이들이 충분히 관심과 재미를 느낄 수 있는 분야임을 체험하였으며, 종교교육에 대한 경험이 별로 없던 교사들이었지만 함께 머리를 맞대어 연구하는 동안, 교사들에게서도 종교 활동에 대한 충분한 역량을 발견할 수 있었고, 교사들도 함께하면서 보람과 재미를 느끼는 것을 볼 수 있었다.

2부

열매를 향한
몸짓

왕대빵 멸치

　교사, 원감을 하다가 처음으로 유치원을 책임지게 되었다.
처음 원장이 되니 아이들 건강에 대한 책임감도 생기고, 학부모의 역할도 강조하는 등 교육철학과 소신을 최대한 발휘하려는 열정과 열성이 가득 찬 때였다. 아이들의 건강을 위해 땅콩, 아몬드, 호두, 검은콩 등의 견과류를 먹이거나, 뼈의 성장을 위해 멸치도 요일을 정해 아이들에게 간식으로 먹였다.

　어느 날 유치원에서 근무하고 있는데, 멀리서 "멸치 사세요!"라는 소리가 들려왔다. '아이들 먹일 멸치 사야겠구나.'라는 생각이 떠오르며, 몸은 이미 멸치 파는 트럭을 향해 가고 있었다.
멸치 2박스를 구입하여 유치원으로 돌아와 상자를 펼쳐보니 굉장히 큰 멸치였다. 아이들에게 보통 작은 멸치를 먹였는데, 너무 큰 멸치라, '이거 어떻게 하나?' 하고 잠시 고민에 빠졌다.
아이들에게 잘 설명해서 먹이도록 해야겠다는 생각이 들어 교실마다 다니며, 아이들에게 멸치에 대한 소개를 하였다. 큰 멸치를 들어 보여주며, "얘들아! 오늘 수녀님이 너희들에게 줄 멸치를 샀는데, 엄청 커서 완전

왕대빵 멸치란다. 어때?"

"네, 좋아요!"

"그런데 이 왕대빵 멸치는 작은 멸치와는 달리 먹을 때 작업을 좀 해야 하는데, 우선 왕대빵 멸치의 머리가 너무 크기 때문에 머리를 떼 내고, 다음에는 배를 갈라 왕대빵 멸치 배 속에 있는 내장을 없애야 한단다."

"왜요? 다른 멸치는 그냥 먹잖아요!"

"응, 왕대빵 멸치는 너무 커서 머리도 씹기 힘들고, 내장을 먹으면 쓴 맛이 나거든? 그래서 머리와 내장을 없애고 먹기로 하자!"

"예!"

아이들은 원장이 시키는 대로 머리를 떼 내고 멸치 배 속을 갈라 내장을 빼낸 후, 입으로 멸치를 넣으며,

"와, 왕대빵 멸치 맛있다 그치?" 하면서, 서로 자기네들끼리 좋아하며 맛있게 멸치를 먹었다.

아이들이 멸치를 맛있게 먹는 모습을 보며 나도 흐뭇하였다.

사실, 이 왕대빵 멸치는 국물 낼 때 사용하는 멸치라는 것을 나중에야 알았다. 세상천지를 모르고 열정만 가득 찬 원장이다 보니, 그냥 먹는 멸치와 국물 내는 멸치도 구분 못 하고, 아이들에게 왕대빵 멸치라는 이름까지 붙여가며 먹이다니….

진즉에 알았으면 주방에서 조리할 때 사용할 수도 있었으련만.

그래도 아이들은 멸치에 붙였던 '왕대빵'이라는 수식어 때문에 맛있다고 즐겁게 먹어주었으니….

우리는 하루에도 수많은 선택의 기로에 서있다. 아침에 잠자리에서

일어나는 일부터 무엇을 먹을 것인지, 무엇을 입을 것인지, 어떤 길로 갈 것인지 등 눈을 뜨는 그 순간부터 결혼이나 직장을 선택하는 큰 선택뿐만 아니라, 아주 사소한 것까지 늘 선택을 해야 하는 상황이다. 선택할 때 식별을 얼마나 바르게 잘해서 선택하느냐에 따라, 결과의 차이는 견줄 수가 없으며 함께하는 사람들의 삶의 질도 달라진다. 무한한 애정만으로도 삶의 질을 높여 줄 수 있지만, 여러 가지 식견과 견문을 가지고, 객관적인 판단으로 식별을 잘하는 것이 더 중요하다.

특별히 그룹을 이끄는 지도자가 올바른 식별에 의한 선택 능력이 있으면, 아무리 안 좋은 상황이라도 함께하는 사람들을 잘 이끌어 호흡을 맞추며 나아갈 수 있다. 반대로 지도자의 그릇된 아집과 좁은 안목에 의한 식별로 잘못된 선택을 할 경우에는, 함께 호흡해야 하는 다른 사람들의 삶의 질과 의미와 보람까지도 퇴색시켜 버릴 수 있다.

　마음만 가득한 무지한 초임 원장 덕에, 아이들도 별난 경험을 했으리라!

금의환향

○○유치원에서 근무할 때다. 문경시 통합은 후대에 붙여진 것이고 내가 근무할 때만 해도 점촌시라 불렸는데, 옛날, 인근 신기에 탄광 지대가 있었기에 점촌은 상당한 상권을 형성했던 마을이었고, 점방 店房, 가게이 많은 촌락이라는 뜻에서 점촌이라는 명칭이 유래 되었다고 전해 들은 기억이 난다.

그럼에도 불구하고 여러 가지 교통편은 그다지 편리한 것이 아니었는데, 기차라고는 오로지 무궁화호만 몇 차례 있을 뿐이었다. 의외로 아이들이 기차를 타고 나들이 가는 경험이 별로 없다는 판단을 하였고, 아이들에게 뭔가 유익한 것을 경험시키고 싶어 기차여행을 계획했지만 시간과 장소 등이 마땅치 않았다.

그래서 고민하다 욕심을 부려 영주까지 무궁화호를 타고 가서, ○○성당 마당에서 놀고 점심 식사 후 돌아오는 코스를 계획하였다.

교사들과 아이들과 학부모들은, 경험하지 못한 단체 기차여행에 대한 기대감과 불안함, 긴장감에 환하게 웃을 수만은 없는 상황이었고, 원장인 나도 당연히 긴장이 되었다.

여하간 계획대로 기차를 탔고, 영주에 내려 ○○성당에서 잘 놀고, 또다시 기차를 타고 점촌역으로 되돌아왔는데, 아이들에게는 환상적인 경험을 한 날이었으나, 역이나 기차 안에서의 주의사항, 화장실 사용법, 타고 내릴 때의 안전 등 생활지도 하느라 교사들은 고생을 많이 한 날이었다.

점촌역에 도착하여 아이들을 인솔하며 앞장서서 광장으로 나오는데, 아이들을 기다리던 학부모들이 갑자기 우레와 같은 박수를 치며 우리를 환영하는 것이 아닌가!

맨 앞에서 인솔하여 나오던 나는 예상치 않은 환영에 너무 당황하여 어찌할 바를 몰랐다. 마치 장원급제하여 고향에 돌아오는 사람을 환영하는 그런 분위기였는데, 왠지 우쭐하기도 하고 민망스럽기도 했으나 기분 좋은 환영이었다.

학부모들은 무사히 돌아온 자기 아이를 찾아 환호하며, 목에 사탕 목걸이를 걸어주고 안아주는 등 그야말로 월남 파월 장병이 무사 귀환한 옛날 부산 3부두와도 같은 광경이 벌어졌다. 덩달아 원장인 나에게도 목걸이와 꽃다발을 걸어주며, 환영과 감사의 마음을 표현하니 정말 부끄러우면서도 기분이 최고였다.

　

누군가로부터 환영받는다는 것은, 존재 자체로 자신이 속한 공동체에서 존재 인정을 받는 것이라 할 수 있다. 여럿이 함께 살아가는 공동체에서 누군가의 출입 여부에 대한 관심도 없고, 그냥 자신의 앞가림만 하는 분위기라면, 개인의 존재 자체가 거부되는 듯한 생각이 들어 기쁨과 행복을 느낄 수 없다. 다른 사람의 존재를 인정하며 환대하는 것은 다른 사람에게 살맛을 조성해 주며, 아울러 다른 사람의 존재를 인정해 주는 본인의 존재 또한 빛이 난다.

○○유치원의 학부모들처럼 서로 환대하고 믿어주며 지지해 주는 분위기가 늘 우리 주변에서 연출된다면, 세상 살맛이 얼마나 더 증대될까? 하는 생각을 해본 날이었다.

아이들과 함께 무사히 다녀온 데 대한 뿌듯함과 학부모들로부터 인정과 신뢰와 사랑을 받았다는 느낌이 들어, 두고두고 기억되는 날이다.

눈물 흘린 것 아니에요!!!

   그날은 예수님께서 돌아가신 과정인 십자가의 길에 대한 수업을
하는 날이었다.
아이들은 뺑 둘러앉았고, 나는 천으로 십자가 모양의 길을 만든 후, 예
수님께서 십자가를 지고 죽음의 산으로 가시는 장면 그림들을 보여주
면서, 예수님의 아픔과 고통에 대해 현실감 나는 수업을 진행하였다.
실제 가시나무로 둥글게 만든 예수님의 가시 왕관도 준비하여 적당한
시간에 아이들에게 보여주며, 공포감과 긴장감을 고조시켰다.
숨을 죽여 가며 수업이 한창 무르익었을 무렵,
"우리 친구들 중에 가시 왕관을 한번 써볼 친구 있나요?"
나의 질문에 생각할 겨를도 없이 어떤 아이가 손을 번쩍 들었다.
그제야 나는 정신이 들어,
'내가 정말 얼토당토않은 질문을 하였구나….
아이 머리에 이 가시 왕관을 씌울 것인가?
이걸 머리에 정말 쓸 수 있나?
정말 큰 실수를 하였구나….'
자책감과 반성이 그 짧은 시간에 휘몰아쳤다.

바로 그때, 명석한 생각이 번개처럼 떠올랐다.

"그래~ 이 친구는 예수님을 많이 사랑해서 이 가시 왕관을 쓸 수 있다고 손을 들었구나. 정말 훌륭하고 멋진 친구네. 이 친구가 예수님을 많이 사랑하는 것을 알 수 있었으니, 가시 왕관을 쓴 것이나 다름없구나. 그렇지, 얘들아?"

아이들에게 동의를 구하는 간절한 마음으로 질문을 던졌다.

'정말 저 무시무시한 가시로 만든 것을 머리에 써야 하나?'라며 눈빛에 긴장을 잔뜩 머금고 있던 아이들도 안도감을 느꼈던지, 하나같이 큰 소리로 "예!" 하고 대답하였다.

그때, 가시 왕관을 쓰겠다고 손을 들었던 아이가 눈물을 훔치고 있었다. 교사의 질문에 얼떨결에 손을 들고는, 자신도 얼마나 무섭고 긴장했으면 눈물까지 흘렸을까? 교사로서 말도 안 되는 질문을 한 내가 너무 부끄러웠다.

그래서 아이들에게, "이 친구는 예수님을 너무 사랑해서 예수님 때문에 마음이 아파 눈물까지 흘리는데, 다른 친구들도 예수님 사랑하는 마음 많이 키우기로 해요!"라고 다짐하며 그날 수업을 마무리하였다.

휴! 정말 큰일 날 뻔했던 날이었다!

다음 날은 예수님께서 십자가에 못 박혀 돌아가시기 위해, 예루살렘이라는 곳으로 들어가시는 장면에 대한 수업을 하였다. 이야기 나누기가 끝나고, 이 장면을 극 놀이로 해보아야겠다는 생각에,

"누가 예수님 역할 할 사람 있나요?"

평소 같으면 서로 하겠다며 손을 들고 소리를 지를 상황인데, 그날은 이상하리만치 아무도 손을 들지 않았다. 그래서 할 수 없이 한 아이를

지목하며,

"우리 친구가 예수님 역할 한번 해볼래요?"

나에게 지목받은 아이가 당황하며 손사래를 치면서 하는 말,

"나, 눈물 흘린 것 아니에요. 나 하품했어요!"

순간 마음이 웃음바다가 되었다.

어제 눈물까지 흘리며 예수님 사랑하던 친구가 가시 왕관을 써야 하는 엄청난 일이 벌어졌는데, 오늘 자기가 예수님이 되면 죽어야 한다고 생각한 것인가? 그래서 눈물 흘릴 정도로 예수님 사랑하는 것이 아니라, 하품해서 눈물이 나온 것이라며 발뺌하려 한 것인가?

아이들의 두뇌 회전을 위해 '예, 아니오' 등의 단답형으로 대답할 수 있는 질문보다, 사고력을 확장시킬 수 있도록 "~에 대해 어떻게 생각하니?"라며 열린 질문을 해야 한다고 우리는 알고 있다. 단답형의 질문이 다 효과가 없는 것은 아니지만, 교사의 질문이 아이들의 사고력 증진에 영향을 미치는 것은 확실하므로, 교사가 질문의 중요성을 인지하고 상황에 맞는 질문을 적절하게 해야 한다.

교사가 질문하면 자신의 존재를 드러내려고 아이들이 앞다퉈 손을 든다. 별생각 없이 손 드는 아이, 모르면서도 다른 친구들이 손을 드니 따라 드는 아이, 정말 정답을 말할 수 있는 아이 등. 그런데 별생각 없이 손을 들어 친구들 앞에서 낭패를 보기도 하는데 그럴 때도 교사의 역할은 중요하다. 핀잔을 주거나 모욕감을 느낄 수 있는 언어표현을 하면, 그 아이의 자존감이 떨어질 수 있으므로 그 순간에도 교사는 그 아이의 입장이 되어 잘 변론 해주어야 한다.

그러나 교사도 많은 순간, 잘못된 질문을 하고 잘못된 응답도 하고 있음이 사실이다.

　결국, 그날! 예수님 옷을 입고 극 놀이하는 것은 다른 핑계를 대며 마무리할 수밖에 없었지만, 교사로서 참 부끄러운 질문을 한 것에 대해 솔직히 고백하며, 지금도 미안함에 얼굴이 달아오름을 느낀다.

벌침 맞은 날

수녀원에 함께 사는 동생 수녀님이 지인으로부터 벌을 얻어왔다. 벌을 아픈 부위에 놓으면 좋은 치료가 된다기에, 귀가 얇은 나도 한번 해보고 싶었다. 마침 무릎이 아파 핀셋으로 벌을 잡아 무릎에 갖다 대보니, 진짜 벌이 무릎에 침을 놓는 것이 아닌가!

좀 아프긴 했지만 좋은 것이라 하고, 또 아픈 부위가 치료된다 하니 아파도 꾸역꾸역 참을 만했다. 그런데 시간이 지날수록 무릎이 점점 벌겋게 부어오르고 통증이 심해지며 걷는 것조차 힘들어졌다.

마침 그날은 만 5세 졸업반 아이들과 함께 경주 양동 마을로 문화 탐방을 가기로 한 날이었다. 아이들을 인솔해야 하는데, 원장이 안 갈 수도 없고, 교사들만 보내자니 마음이 불안하고, 다리는 붓고 아파서 어찌해야 할지 고민하다가 아이들과 함께 가는 것으로 결정을 내렸다.

한 걸음, 한 걸음 걷는 것이 너무 아파 힘이 들었다.

그래서 할 수 없이 키 크고 체격 좋은 아이 2명에게,

"수녀님이 다리가 아파서 그러니, 수녀님이 너희들 어깨 위에 손을 얹어 좀 잡고 갈 수 있을까?"라고 물으니 흔쾌히 허락하였다.

그래서 아이들 어깨 위에 손을 얹고 한 걸음 한 걸음 걸어가는데, 속도가 너무 느려, 내 걸음 속도에 맞춰 걸어가는 두 아이들도 무척 힘들 것이라는 생각에 미안한 마음이 들었다.

그런데 우리 주변에서 걸어가던 아이들이 하나둘씩 우리 가까이 오더니, 나를 부축하던 아이들의 손을 잡아 주는 것이 아닌가!

"왜 그래?"

"수녀님 부축하는 친구들이 힘드니까 도와주려고요."

그 아이 옆에 또 다른 아이가 도와주려 손을 잡아주니, 나와 함께 걸어가는 아이들이 거의 7~8명의 가로행렬이 되었다.

얼마나 기특하고 놀랍고 대견하던지….

아이들의 따뜻하고 착한 마음에 감동을 받아 속에서 울컥함이 올라왔다.

나를 중심으로 대열이 가로로 길어진 채 우리는 함께 걸어가면서, 서로를 위해 조심조심 마음을 졸이며, 옆 사람의 속도에 발을 맞추려고 노력하며 걸었다. 그 어느 누구도 힘들어하거나, 함께 걷다가 대열에서 빠져나가는 아이 한 명 없이, 그렇게 그날 아이들의 도움으로 무사히 문화탐방을 함께 다녀올 수 있었다.

세상이 힘들고 살기 어려울수록, 어려운 사람들에게 손을 내미는 사람들을 더 많이 볼 수 있음이 역설적이긴 하지만, 이는 인간에게 주어진 선을 추구하려는 본성적 열매가 아닐까 생각한다. 어려운 사람에게 먼저 손을 내미는 삶, 힘든 사람의 손을 잡아주는 따뜻한 마음을 지닌 삶이, 도움을 받은 사람에게는 얼마나 큰 힘과 위로가 되는지 경험해본 사람은 충분히 알 수 있다.

아프고 힘든 사람에게 도움이 되려고, 자신의 손을 내민 아이들을 통한 그날의 감동과 감격은 두고두고 기억되며, 아이들로부터 배운 사랑의 가르침이었다.

남을 위하려는 마음에서, 다른 사람의 마음에 보조를 맞추며 걸어가는 아이들의 손은 또 얼마나 따스했던지….

나 한국말 했는데

제주도 ○○유치원에서 근무할 때의 일이다.

아무리 같은 한국 땅이지만 제주도 말은 알아듣기 힘들 때가 많고 따라 하기도 어렵다. 물론, 제주도 아이에게는 경상도 말이 잘 알아듣기 힘든 말이겠지만.

하루는 어떤 아이가 와서 질문을 하기에 정성껏 질문에 대한 답을 하였는데, 그 아이는 알아듣지 못하고, "뭐라고요?" 하며 되물었다. 교사로서 아이의 질문에 친절하게 대답해야 한다는 의무감에 다시 한번 조용한 목소리로 차근차근 대답해 주었다.

그래도 그 아이는 모르겠다는 듯이 두어 번 더 그렇게 질문했고, 같은 소리를 똑같이 몇 번이나 반복해서 설명해 줘도 알아듣지 못하는 그 아이 때문에 속에서 약간 화가 치밀고 있었지만, 인내심을 가지고 아주 정성껏 또 대답해 주었다.

그런데 그 아이는 또 못 알아듣겠다는 듯이 고개를 갸웃거리며, 뭔가 또 말을 하려고 했다.

드디어 교사로서 인내의 한계!!!

결국 쓴소리를 하고 말았다.

"내가 영어로 말했냐? 중국어로 말했냐, 응? 한국말로 얘기했는데 왜 그렇게 못 알아들어?" 교사가 짜증이 나서 하는 역정을 들은 아이는 침통하고 머쓱한 표정을 지으며, 그만 입을 다물어 버렸다.

'에고~ 또 본성을 드러냈구나! 저 어린아이 앞에서 도대체 내 나이가 몇 살인데, 그걸 못 참고 폭발을 하다니… 쯧쯧쯧.'

부끄럽지만 즉시 '내 탓이오'를 하였다.

그리고 난 며칠 뒤, 이번에는 내가 질문하고 그 아이가 대답해야 하는 상황이 생겼다. 내 질문에 그 아이는 열심히 대답을 하였는데, 언어 표현이 다르다 보니 도저히 알아들을 수가 없었다.

"수녀님이 잘 못 알아들었는데, 미안하지만 한 번만 더 얘기해 줄래?"

내 질문에 그 아이는 자기 나름대로 또 열심히 이야기를 하였다.

그런데 나는 또 못 알아듣고는, 바쁜 마음에 약간 짜증 섞인 목소리로,

"수녀님이 알아들을 수 있도록 이야기해 봐!" 하며 윽박지르는 듯한 투로 얘기했더니,

그 아이가 작은 소리로 혼자 중얼거리듯 하는 말이,

"나 한국말 했는데…"

이런~

뒤통수 한 대 맞은 느낌!

정말 내가 한 그대로 되받은 것이다.

에고~ 참!

교사로서 아이에게 부끄럽기 짝이 없었다.

『구약성경』에 의하면 하느님께 대한 인간들의 교만함 때문에, 하느님께서 사람들의 말을 분열시키셨다는 바벨탑 이야기가 나온다. 우리가 말을 못 알아듣는 것은, 단지 겉으로 드러나는 언어적 표현에 관한 것만은 아니라고 생각한다. 사람은 자신이 듣고 싶어 하는 부분만 선택적으로 듣는 경우가 있다. 그래서 못 들었다든가 거짓말했다든가 하는 식의 표현으로 상대방을 궁지에 몰아넣기도 한다.

다른 사람의 말을 알아듣는 것은, 그 사람의 마음과 생각을 헤아리고 파악하는 의미라고 생각한다. 단순하게 던지는 말 한 마디로 그 상황을 다 파악할 수 없는 것은, 사람의 마음과 겉으로 드러나는 언어적 표현에 많은 괴리감이 있기 때문이다. 불쑥 내뱉는 한 마디에서도 상대의 마음을 읽으려 노력한다면 훨씬 더 나은 통교가 이루어지며, 인간관계 또한 부드러워지리라 생각한다.

경상도 언어와 제주도 언어의 차이로 벌어진 그날 그 아이와의 대화는, 바벨탑의 분열을 생생하게 연상시키는 사건이었다.

제주도 말, 해보세요!!!

　　유치원에서 아이들에게 엄마를 어머니로, 아빠를 아버지로 부를 수 있도록 지도하였다. 부모에 대한 존경심을 키우고, 예절 바른 아이로 교육하기 위함으로 대부분의 부모들은 흐뭇하게 생각하며 만족해하는데, 몇몇 아이들은,

"우리 아빠가 징그러우니 그렇게 부르지 말래요!"

"우리 아빠는 내가 아버지라 부르면, 아빠가 나이 든 사람처럼 느껴진다고 하지 말라 했어요!"

어릴 때부터 존댓말을 사용하지 않으면, 결혼해서도 친정 부모에게 여전히 엄마, 아빠로 부르지 않냐며 또다시 부모교육을 하곤 했는데, 생각과 결정은 각자의 판단에 따를 것이다.

　　만 5세 아이들 13명과 함께 비행기를 타고 서울로 2박 3일 졸업여행을 갔다. 김포공항에 내려 지하철을 타고, 숙소로 약속된 ○○유치원에 도착하였는데, 마침 아이들 점심 식사 시간이었다.

제주도에서 온 섬 아이들을 위해, ○○유치원 아이들과 교실에서 함께 식사할 수 있도록 자리를 배려해 놓았고, 김밥도 준비해 놓은 상태였다.

2부　열매를 향한 몸짓

김밥 한 줄을 먹고 더 먹기를 원하는 제주도 아이들을 보더니, 서울 아이들에 비해 정말 잘 먹는다며 서울 교사들 눈이 휘둥그레졌다. 그러던 중 서울 교사가 ○○유치원 아이들에게,

"얘들아, 제주도에서 온 친구들에게 궁금한 것 있으면 질문해 보도록 하자?"

하고 이야기를 하니, 제주도 말을 해보라고 요구하였다.

"제주도 말 해볼 사람?"

서울에서 제주도로 이사 왔던 우리 유치원 남자아이가 손을 번쩍 들었다.

"응, 제주도에서는 아빠를 아버지라 하고, 엄마를 어머니라 해!"

제주 아이는 자신만만하고 당당한 표정으로 답한 후 자리에 앉았다.

순간,

질문했던 서울 아이들이 어이없다는 표정으로 뜨악하였고, 서울 교사들은 '이게 무슨 소리지?' 하는 마음으로 서로 얼굴을 바라보았다.

그 아이는 서울에서 살다가 제주도로 이사를 오니, 유치원 아이들이 엄마를 어머니라, 아빠를 아버지라 부르는 것을 보고, 제주도 말이라 생각한 모양이었다.

잠시 후, 상황을 파악한 교사들이 함께 웃으며,

"또 궁금한 것 물어볼 친구 없나요?"라고 얘기를 했건만, 찬물 끼얹은 분위기라 다음 질문을 아무도 하지 않았다.

그러나 대답을 한 제주 아이는, 서울 아이들과 교사들이 이해할 수 없다는 표정을 지어도, 자기가 한 대답에 대해 별다른 인식을 하지 못하며, 아주 당당한 표정으로 자기 몫을 다했다는 인상이었다.

　사람들과 함께 대화를 하다 보면 사실과 맞지 않은 내용이지만, 너

무나 당당하게 사실인 양 이야기하는 사람들을 종종 볼 수 있는데, 사실이 아니라는 것을 알고 있긴 하지만 상대가 너무 자신만만하게 이야기할 때는, 오히려 자신이 알고 있는 것에 대해 자신감이 없어지는 경우가 있다.

진리와 정의도 목소리 큰 사람이나 지위가 있는 사람 앞에서 주눅들 때가 있다. 권력자와 목소리 큰 사람이 이기는 사회가 아니라, 진실과 공정으로 올바르게 판단하여 행동하는 사람들이 편안하게 살아가는 세상이라면, 아이들에게도 부끄럽지 않을 텐데 하는 생각을 해본다.

　졸업여행에서 일어난 제주도 말 일화는 두고두고 회자되며, 교사들을 웃게 만들었다.

바늘로 처음 손 따던 날

유치원 원장은 만능인으로서 어떤 때는 의사도 되어야 한다.
아이들이 아플 때 판단을 잘하여 적절하게 응급조치를 해야 하기 때문
이다.

아이들은 거의 배가 아프거나, 약간의 외상 아니면 열이 나는 정도이
다. 열이 날 때는 당연히 얼음 팩으로 열을 내리거나 부모 동의하에 해
열제를 먹이면 해결이 되고, 약간의 외상, 즉 신체 부위에 작은 생채기
가 생기면 알로에 크림을 발라주면 거의 완치가 된다.

배가 아플 때 초기 치료법은, 약간 미지근한 물에 매실 엑기스를 타서
먹이고 배를 약간 마사지해 주면 거의 해결이 되는데, 아이의 얼굴이
노래지고 손바닥이 하얗게 된 경우는 다소 심하게 체했다는 판단을 하
여 침으로 손가락을 따는 처방을 내린다.

침을 손가락에 찌르는 과정에서는 아이와 상당한 신경전을 벌이며 불
안해하지 않도록 유도하는데, 원장의 권위가 있는 터라 아이들이 대체
로 잘 따라주었다. 어떤 때는 상태가 안 좋아 부모에게 전화를 하여 아
이를 데리고 병원에 갈 수 있도록 권유한 상태에서, 학부모가 유치원
에 도착하기 전에 이미 침으로 치료가 완료된 때도 있었는데, 그럴 때

면 유능한 원장이 된 것 같아 괜히 우쭐해지기도 하였다.

　어느 날, 만 4세 남자아이가 배가 아프다며 교무실에 왔다.
그때까지만 해도 한 번도 침으로 아이의 손가락을 따 본 적이 없었는
데, 그날따라 웬 용기가 생겼는지 아이에게, "수녀님이 손가락 따줄
까?" 하고 얘길 했더니,
아이가 상황을 제대로 파악했는지 못했는지 모르겠지만 "네!" 하고 대
답하였다.
요즘은 가볍게 손가락을 딸 수 있는 침도구가 있지만, 그때에는 그런
침도구도 없던 시절이었다.
그래서 바늘을 가지고 와, 옛날 엄마들이 하던 대로 등에서부터 어깨,
팔을 타고 내려와 손가락 끝자리까지 두드리며 훑어 내린 후, 바늘 끝
을 머리카락에 긁어 소독한 다음, 고무줄로 손가락 끝을 돌려 묶고는
바늘을 손가락에 씽하고 찔렀다.
처음 해보는 일이라 나도 속으로 긴장했는지, 아니면 바늘에 힘이 덜
들어갔는지, 찔렀는데도 피가 하나도 나오지 않았다.
아이에게 미안한 마음이 들어,
"미안해, 수녀님이 다시 한번 해볼게!" 했더니, 엄청 무섭고 공포스러
웠을 텐데도 아이는 아무렇지도 않게 "네!" 하고 대답하였다.
이번에는 아까보다 좀 더 세게 힘을 넣어 바늘로 손가락을 한 두어 번
더 찔렀다. 그런데도 또 피가 한 방울도 나오지 않았다.
실력 없음이 드러나 부끄럽고 민망하여, 아이가 얼마나 아팠을까? 싶
은 생각이 들어 긴장하며 아이의 얼굴을 보았는데, 놀란 눈으로 자기
를 쳐다보는 날 보더니, 오히려 그 아이는 '피식' 하고 웃어버렸다.

처음으로 침술 치료를 하려 했는데 완전 실패!!

미안하여 어정쩡한 표정으로,

"많이 아프지?"

"이제 괜찮아요!"

아무렇지도 않은 듯 아이는 교실로 가버렸다.

민망하고 부끄럽고 미안하기 그지없는 날이었다. 차라리 하지나 말 것을….

제대로 찌르지도 못한 침술 실력이긴 했지만, 그래도 배 아픈 것이 나은 건가?

　몇 번을 찔리면서도 아무런 항변이나 원망도 하지 않고, 원장인 나를 위해 괜찮다고 웃어주던 아이에게서 어른이 가지지 못한 너그러움을 발견하였다.

작은 손해도 보지 않으려고 옥신각신하며 자기 것을 찾아 챙기려는 어른들이, 이 아이처럼 그냥 좀 아파도 참아주고, 손해 본다는 생각이 들더라도 좀 기다려주며, 상대의 입장을 읽어주고 수용하려는 마음으로 지낸다면, 분쟁이 멀어지고 조금이라도 평화를 느낄 수 있을 텐데….

내가 먼저 작은 평화를 만들어나가면, 우리 모두가 평화로운 세상에서 즐거움과 여유로움을 누리며 살아갈 수 있지 않을까?

　아무렇지도 않은 얼굴을 하고 교실로 돌아가는 아이의 뒷모습을 보며, 미안한 마음에 내 배가 괜히 아픈 것 같았다.

사랑의 투사들

○○어린이집에서는 인근에 있는 재활원의 장애를 지닌 아이들 4~5명과 함께 생활하였으므로, 도움이 필요한 친구들을 잘 보살펴줘야 한다는 교육을 끊임없이 하였는데, 잘 모르는 것이 있으면 가르쳐주고, 잘 못하는 행동이 있으면 도와주고, 원만하게 제대로 활동하지 못하는 아이들을 함께 데리고 활동할 수 있도록 지도하였다.

어느 날, 점심 식사를 마치고 바깥 놀이터로 나가는 아이들을 현관에서 관찰하고 있었다.
만 3세 장애아가 신발을 신고 밖으로 나가려는 것을 알아챈, 만 4세 여자아이 둘이서 얼른 신발을 가져와 신겨주려 하였다. 장애아는 현관에 양다리를 벌려 앉아 있었고, 신발을 가져온 두 명의 여자아이들은 장애아의 발을 한 쪽씩 잡고는 신발을 신겨주려 안간힘을 쓰고 있었다. 장애아는 스스로 신발을 신으려는 의지가 없는 듯, 자기 발을 신발 안으로 넣으려는 노력도 하지 않고 두 발을 여자아이들에게 맡겨놓은 채, 눈은 연신 바깥 아이들 노는 곳으로 향하였다.
양쪽에서 신발을 신겨 주려는 여자아이들이 얼마나 용을 쓰며 신발을

신기고 있던지,

나 같으면 그냥 내버려 두고 밖으로 뛰쳐나가련만….

각고의 노력 끝에 신발을 끝까지 신겨 장애아 동생의 손을 잡아 일으켜 세워, 바깥 놀이터로 즐겁고 신나게 함께 뛰어나가는 아이들의 모습을 보면서, 정말 대견하고 기특해서 잠시 눈시울이 적셔졌다. 아이들 뒤를 따라 나도 바깥 놀이터로 나가보니, 장애를 지닌 아이들에게 먼저 양보하며 놀이 기구를 타게 하고, 두루두루 잘 보살펴주고 있는 것이 아닌가!

바쁜 생활 속에서 주변 사람을 챙기고 사는 것이 쉽지 않은 일이다. 옆으로 눈을 조금만 돌려도 곧바로 자기 생활에 영향을 미치기 때문이다. 그러기에 길에서 도움이 필요한 사람에게 접근하는 것도, 어려움을 겪고 있는 사람에게 도움의 손길을 내미는 것도, 그냥 못 본 체하며 지나가는 것이 쉽고 편하게 생각되므로 보통 사람이라면 주저하게 된다. 성경에서도 어려움에 처해 있던 사마리아 사람에게 도움을 베푸는 사람이 지극히 제한적이었던 것처럼, 도움의 손길을 펼친 이에게 당장 미칠 어떤 불이익을 생각한다면 강요할 수 없는 일이기도 하다. 그래서 거리에서 넘어진 사람에게 심폐소생을 하여 생명을 살리는 사람, 합심하여 차를 들어 올려, 교통사고 당한 사람을 구해내는 사람들을 보면, 보통 사람들이 감히 시도할 수 없는 상황이라 가슴이 더 뭉클해지는 것 같다.

그날 아이들이 연출했던 것처럼, 어려운 사람을 만나면 서로 먼저 도와주려 하고, 가난한 사람을 보면 먼저 가서 나누어주려고 하는 풍

토가 우리 주변에 형성되기를 기대하는 것은 너무 지나친 상상이겠지만, 그래도 인간의 마음속에는 그 아이들이 연출한 것처럼 다른 사람에게 도움이 되려고 하는 본성적인 힘이 있음은 확실한 것 같다. 아이들을 통해 인간의 마음속에 하느님께서 심어주신 사랑이 살아있음을 발견할 수 있었고, 본성적으로 사랑하고자 하는 인간의 영성이, 이런 행동을 통해 유감없이 발휘되는 것을 볼 수 있었기에 가히 짐작할 수 있다.

  아이들이 연출한 그날의 장면은 정말 감동적이었으며, '교육한 보람이 있구나!'라는 생각에, 마음이 뿌듯한 날이었다.

앵벌이 시키는 원장

○○어린이집은 소임 했던 여러 기관들 중, 내가 꿈꾸던 삶을 준비하고 경험할 수 있었기에 마음이 특별히 갔던 곳이다. 가난한 이들과 연대하여, 경제적 환경의 어려움으로, 교육적 한계를 지닌 아이들에게 도움을 주고자 하는 마음을 늘 품고 살아왔기에, 이러한 나의 바람을 충족시켜 줄 수 있다고 생각했기 때문이다. 더구나 재활원의 장애아들도 어린이집에서 함께 활동 했으므로 나의 기대가 한껏 부풀어 올랐다.

그중에서 다운증후군 장애를 지닌 만 6세 남자아이가 있었는데, 어린이집에 오는 여러 장애아들 중 성장발달의 가능성이 가장 높다고 판단했기에, 집중적으로 그 아이의 교육에 마음을 기울였다.
시설에서 생활하는 아이들이 사랑에 대한 애착 상태가 충분하지 않으므로 안아달라는 요구를 많이 했는데, 그 아이도 그런 경향이 있어 많은 봉사자들이 안아 주었고, 그래서 그런지 스스로 걷거나 운동하는 부분이 덜 발달된 상태였다.
의자 위에서 뛰어내리는 훈련, 걷는 훈련, 빠른 걸음걸이 훈련 등에 시간을 할애했고, 언어 발달을 위해 치아와 입술과 혀의 움직임을 통해 언어가 어떻게 발음되는지 나의 입 속을 보며 열심히 훈련에 임하였다. 구사할 수 있는 언어 양이 조금씩 늘어났고, 발음도 조금씩 정확해지는 것을 확인하며, 주변 사람들도 함께 감탄사를 연발하며 즐거워하였다.

　사회생활 면에서도 적응 훈련이 필요하겠다는 생각에, 마트나 시장에 갈 때 자주 데리고 다니며 언어지도와 걷기훈련을 지속했다.
시장에서 이것저것을 구입하다 보면, 물건 파는 할머니나 아주머니들이 가끔 돈을 주기도 하였는데, 수녀가 데리고 다니니 딱한 아이라는 생각이 들었던 모양이었다.
돈에 대한 개념이 아직 없던 아이였지만, 받을 때 감사 인사 훈련을 시키고자, 돈 주는 것을 묵인하였다. 이렇게 천 원, 이천 원 모인 돈으로 과자를 구입하여, 재활원에서 어린이집에 다니던 아이들과 함께 파티를 열어 모두 즐거워하며 잘 먹었다.
이 모습을 본 함께 사는 수녀님들이, 아이 앵벌이 시킨 돈으로 파티 한다고 장난스레 이야기를 하여, 졸지에 앵벌이 시키는 원장 수녀가 되어버렸다.
그래도 값진 경험의 선물로 인한 수입으로, 함께 나누기를 했으니 얼마나 가치 있고 흐뭇한 일이었던가!

　그 아이는 나이를 한 살 더 먹으면서 재활원에서 퇴소하게 되었다.
더 나이 많은 아이들이 생활하는 시설로 거처를 옮기게 되어, 애정을 지녔던 마음에 직접 그 아이를 데리고 다른 시설로 데려다주었다.
아이가 말을 잘하는 것을 보고 그 시설의 교사가, "재활원에 언어치료사가 있어, 다운증후군 아이가 말을 잘하는가 보네. 우리도 언어치료사를 채용해야겠다."라고 하기에, 그냥 속으로 피식하고 웃었다.

아이들이 어떤 부모와 교사를 만나느냐에 따라, 발달 모습과 속도에 많은 차이가 난다. 장애를 지닌 아이 역시 어떤 교육 환경에 처하느냐에 따라 성장 가능성의 폭은 달라지는데, 손이 조금 더 가고, 교육의 속도가 늦더라도 교육과 훈련에 의해 충분히 변화 가능하다. 비록 그 효과가 일반 아이들보다 미진하지만, 분명히 많은 성장을 할 수 있다는 긍정적 시각을 지니는 것이 중요하다고 생각하였는데, ○○어린이집에서 그 아이와 함께한 경험은 이러한 나의 신념을 더욱 견고하게 해주었다.

세월이 많이 지났는데, 그 아이가 어떻게 성장하여 어떤 삶을 사는지 궁금하고, 한번 찾아가 성장한 모습을 보고 싶을 때도 가끔 있다.

교실에 시체가 있어요

가정이나 주변 환경에서 예수님에 대해 전혀 접해 보지 않은 아이들이 유치원에 입학하면, 비로소 유치원에서 예수님을 처음으로 만나게 된다. 아이들이 예수님의 행적을 쉽고 재미있게 익힌 다음, 예수님의 수난과 죽음에 관한 수업을 하면, 이미 알게 된 예수님의 희생과 사랑에 쉽게 동화되는 것이 보편적이다.

사순절예수님의 수난과 죽음을 묵상하는 시기은 보통 2월 중순에 시작하며, 4월 초에 부활을 맞이하는데, 그해에는 유독 사순절이 빨리 시작되어, 예수님의 삶에 대한 이야기를 아이들과 미처 나눌 겨를도 없이, 유치원 입학과 거의 때를 같이하여 예수님의 수난과 죽음을 아이들에게 전해야 했다. 물론 아이들의 정서에 맞춰 약간의 무게감만 가지고 접근을 하였는데 뜻밖의 일이 일어났다.

만 5세 남자아이가 입학을 하였는데, 며칠 다니더니 유치원을 그만둔다고 하였다. 어려운 경쟁을 뚫고 귀하게 입학을 하였는데 유치원엘 안 가겠다 하니, 그 아이 엄마는 난감한 마음에 상담을 하러 왔다.
"왜 아이가 유치원 가는 것을 거부하던가요?"라는 질문에, 유치원에

시체가 있어 무서워서 못 가겠다고 했단다. 유치원에 시체가 있다니, 이것이 도대체 무슨 소리인가 싶어,

"유치원에 시체가 있다니요?" 하고 재차 물었더니,

유치원에 가면 교실 앞에 시체가 매달려 있어, 무서워서 못 가겠다고 아이가 말했다고 하였다.

교실에 무슨 시체가? 하고 곰곰이 생각했더니, 아하!! 교실에 걸린 십자가를 두고 한 소리였다.

교사가 얼마나 실감나는 수업을 했으면, 교실에 걸린 십자가 모형을 보고 시체가 달려있다 하다니… 참!

뜻밖의 상황에 한참 웃었다.

심각하게 상담을 하였는데, 원장이라는 사람이 그 소리를 듣고 웃고 앉아 있으니, 그 아이 엄마의 표정이 무어라 갈피를 못 잡는 듯하였다.

"교실에 있는 십자가를 보고 아이가 그렇게 생각한 모양인데, 당분간 십자가를 내려놓을 테니 걱정 마시고 아이를 다시 유치원에 데리고 오세요. 그리고 십자가에 매달려 있는 분은 진짜 사람의 시체가 아니고, 만든 것이므로 무서운 것이 아니라고 알려주세요."

그 아이 엄마 눈이 동그래져서, 십자가를 내려도 되냐며 의아해하였다.

"네, 물론이지요. 십자가는 상징의 의미로 교실에 걸어놓은 것이므로, 일단 아이가 유치원에 적응하는 것이 더 중요하니까 당분간 내려놓아도 상관없답니다."

그 아이 엄마는 안도의 숨을 내쉬며, 연신 고맙다는 인사를 하고 돌아갔다.

다행히 아이는 다시 유치원에 나왔고, 교사와 내가 특별 지도를 한 덕에, 부활 행사할 때는 예수님에 대한 노래를 신나게 따라 부르는 것을

볼 수 있었다.

무사히 유치원 생활을 잘하고 졸업을 하였는데, 졸업식 날, 그 아이 엄마가 그때 일을 상기하며 또 고맙다는 인사말을 남기고 유치원을 떠났다.

피아제의 인지 발달 이론에 의하면, 유아는 물활론적 사고를 지닌 특성이 있다.

이 세상에 존재하는 모든 사물에게 생명이 있으며, 살아 있다고 믿는 특성을 말하는데, 모든 사물이 살아있고 생명을 가지고 있기 때문에, 아픔과 배고픔을 느끼며 추위와 더위를 느낀다고 믿어, 무생물과 생물을 구분하지 못한다. 인형에게도 실제 생명이 있는 것으로 생각하여 사람처럼 대하기도 하고, 꽃을 꺾으면 아프다고 표현하며, 달이 살아서 자기를 따라온다고 믿는다. 2세 초반에 가장 많이 나타나며, 4~5세가 되면 감소하기 시작하는 유아의 특성이다.

유아를 지도할 때는 어른의 관점에서 보는 것과 많은 차이가 있다. 어른들이 아이들의 발달 특성을 알지 못하여, 물활론적 사고를 하는 단계의 아이에게 어른의 관점에서 판단하여 이야기하면 아이에게 큰 상처를 줄 수 있다. 그러므로 아이의 연령에 맞는 특성을 잘 고려하며 아이를 이해하고 수용할 때, 아이들은 발달단계에 따라 제대로 된 성장을 할 수 있다.

교실에 매달려있는 십자가를 실제 시체로 여긴 아이의 생각이, 발달 과정의 특성에서 나타나는 아이다움을 여실히 보여주었고, 이런 상황이 더욱 풋풋하고 사랑스러운 기억으로 아직도 남아있다.

뱅글뱅글 좋아라!!!

    가톨릭계 유치원은 성당의 역사와 함께하므로, 오래된 유치원이 많아, 유치원에 따라 노후 되어 있고 환경이 열악한 곳이 가끔 있다. ○○유치원도 역사가 오래되어 아이들의 교육환경이 썩 훌륭한 곳은 아니었는데, 아이들에게 좋은 교육환경을 제공해 주지 못하는 미안한 마음에, 어떻게 해서든지 더 나은 환경을 마련하기 위해 허리띠를 졸라매며 알뜰살뜰 살림을 해서 리모델링을 하고자 하였다.

    2층 성당 아래인 1층이 유치원인데, 유치원 천장과 성당 바닥이 목재인 까닭에 소리가 그대로 전달되는 불편함이 있었다. 가장 불편한 점은 금요일 오전 미사가 있을 때인데, 1층 유치원에서는 피아노와 음악 소리와 함께 아이들이 노래하고 율동하는 시간이므로, 그 시간이 미사 시간과 맞물렸다.

그 시간 성당에서 신자들과 함께 미사에 참례하고 있지만, 마음과 신경은 온통 1층 유치원에 가 있었다. 아이들의 노랫소리가 미사 드리는 신자들에게 방해되지 않을까? 피아노 소리가 미사 분위기를 흐려놓지 않을까? 하는 생각들로 미사 시간에 늘 마음을 졸였고, 교사들에게도 미사 시간에 피아노 치지 말고, 음률 활동도 하지 말고, 아이들이 떠들지 않도록 최선을 다해 지도하라는 등의 요구를 하였다.

금요일을 그렇게 지내는 것이 아이들에게 미안하였고, 아이들의 에너지에 맞게 교사들도 자유롭게 프로그램을 운영해야 하는데, 그러하지 못해 마음이 늘 무거웠다.

그래서 고심 끝에 리모델링을 하기로 결정하여, 건물 겉만 통째로 두고 유치원 천장과 성당 마룻바닥을 철거하고, 콘크리트로 다시 1, 2층 사이인 유치원 천장과 성당 바닥을 구분하기로 하였다.

성당 마룻바닥을 철거하던 도중, 성당 바닥과 교실 천장 사이의 폭이 불과 30cm 정도에 불과한 것을 보고 깜짝 놀랐다. 만약 성당 마룻바닥에 구멍이 생겨 사람의 다리가 빠진다면, 그 사람의 다리가 유치원 천장으로 튀어나올 것 같은 상상이 되면서, 성당 마룻바닥이 더 손상되기 전에 리모델링을 하게 된 것이 천만다행이라 생각하며 가슴을 쓸어내렸다.

그 많은 유치원의 짐들을 엘리베이터도 없는 성당 교육관 4층으로 옮겼고, 성당 교육관을 임시 교실로 꾸며 아이들이 불편하기 이를 데 없는 생활을 하였으며, 교사들 고생도 이만저만한 것이 아니었는데, 두어 달 공사 후, 마침내 새 교실이 마무리되어 가고 있었다.

너무 고생한 우리 아이들에게 새로 꾸며진 교실을 구경시켜주느라 데리고 갔더니, 아이들이 좋다고 함성을 지르며, 교실 바닥에서 떼굴떼굴 굴러다니는 것이 아닌가!

큰 소리로 "뱅글뱅글 좋아라!" 하며, 기뻐 어쩔 줄을 몰라 하였다.

'어린아이들이 얼마나 고생을 했으면 저렇게 좋아할까?' 하는 생각에 마음이 짠하기도 하였지만, 이제 고생 끝내고 새 교실에서 즐겁게 생활할 아이들을 생각하니, 두어 달 동안의 고생이 눈 녹듯 녹아내리고, 좋은 환경에서 멋지게 교육해야지 하는 기대감으로 마음이 풍선처럼 부풀어 올랐다.

　유아교육을 담당하는 교사들은 참으로 다양한 일들을 한다. 아이들 교육에서부터 청소, 식사 도우미, 교실 환경 정리, 교재 교구 제작, 학부모 상담, 각종 서류 정리, 아이 간호 치료, 연수, 건축 공사 뒷바라지 등 하는 일이 정말 많고, 일인 다역을 하는 능력자들이다. 퇴근 시간을 놓쳐 친구를 만날 수 없을 때도 있고, 할 일이 많아 집안에서 딸 노릇을 제대로 못 할 때도 많다.
그러나 유아교육 교사들은 아무리 고생스럽고 힘이 들어도 아이들이 좋아하고 행복해하는 모습을 보면, 어떤 어려움과 힘든 상황도 충분히 즐거움과 보람으로 바꿀 수 있는 열정을 가지고 있는데, 이것이 늘 자랑스럽다. 온 마음을 다하여, 아이들의 미래를 위해 좋은 씨앗을 심어주려는 교사들의 노력과 열정이 결코 헛되지 않으리라 나는 늘 확신한다.

　교사들이 수고한 덕분에, 새로운 환경에서 아이들과 학부모들과 함께 즐거운 유치원 생활을 하며, 아이들에게 꿈을 키워 줄 수 있어 참으로 행복하였다.

하느님, 제발 살려 주세요

아이들과 함께 생활하다 보면 위급한 상황이 가끔 발생할 때가 있다.

가을이 되면 대부분의 유치원에서 아이들과 함께 고구마 캐기를 하는데, 어느 가을날, 매년 하듯이 아이들과 함께 고구마를 캐러 갔는데, 가기 전 당연히 사전 학습활동을 하였다.

고구마 캘 때 가장 주의해야 할 점은 안전사고이다. 모종삽을 가져와 고구마를 캤었는데, 모종삽으로 고구마를 캐면 고구마가 잘 캐어지지 않아 아이들이 힘들어하며 불평을 쏟아놓았다. 그래서 도구를 바꾸어 호미를 가져갔는데 모종삽보다 아이들이 사용하기에 위험하므로, 교사들도 단단히 안전교육을 하였고, 집에서도 위험하지 않게 포장을 잘 해서 가져왔다. 또한 고구마 캘 때 흙이 눈에 들어갈 수 있으므로 조심해서 캐야 하는 것도 아울러 지도하였다.

길게 늘여진 고구마밭에서, 고구마를 쉽게 캘 수 있도록 고구마 잎을 다 제거해 놓으면 고구마 줄기가 보이고, 아이들이 그곳을 집중적으로 파면 고구마를 캘 수 있다. 아이들이 줄을 서서 고구마밭 이랑으로 들어가 자기 앞에 있는 고구마를 캐는데, 그해는 아이들이 활동하기에 충분한 고구마밭이 제공되지 않았다. 그래서 아이들이 다닥다닥 붙어서 고구마를 캐야하는 상황인데, 안전사고가 생길까 모든 교사들이 긴장 상태였다.

호미를 들고 고구마 캘 준비를 하고 있는데 갑자기 "으아!" 하는 소리가 들려왔다. 교사도 나도 너무 놀라 소리 나는 곳으로 달려가니, 고구마를 캐기도 전에 호미를 들고 움직이다 옆에 있는 아이 눈두덩이 쪽에 생채기를 내었다.

정말 위급한 상황이 벌어졌다. 다른 데도 아닌 눈 부위이니 얼마나 위험한 상황인가!

혹시 시신경을 건드렸으면 큰일 나는데 하는 마음으로 본능적으로 아이를 부둥켜안고, 눈두덩을 손으로 누르며 정말 간절히 기도하였다.

'하느님, 제발 살려 주세요. 안 됩니다. 큰일 납니다!'

온 마음을 다해 정말 간절히 애원하고, 또 애원하며 하느님께 부르짖었다.

잠시 후, 아이의 눈두덩에서 손을 떼고 보니, 생채기 났던 부분의 살갗이 서로 붙여져 있지 않는가! 정말 이런 기적이…

약간의 흔적은 있었지만 거의 처음 상태로 되돌아간 것을 보고 너무 놀랐다.

'아이고! 하느님 감사합니다. 살려 주셔서 정말 감사합니다!'

아이를 치료하여 안심시키고 다시 한번 아이들에게 주의를 준 후, 조심조심 고구마를 캐기 시작하였다.

고구마를 비닐 주머니에 몇 개씩 받아 가는 아이들의 표정은 이루 말할 수 없는 기쁨과 뿌듯함으로 가득 차 있었는데, 고구마 크기에 따라 어떤 아이에게는 세 개를 주고 어떤 아이에게는 네 개를 주었더니, 그것이 또 문제였다.

어른들이 보기에는 큰 것 세 개가 더 나아 보이는데, 아이들은 크기에 아랑곳하지 않고 오로지 수량에만 초점이 맞춰져, "왜 저 친구는 네 개 주고, 나에게는 세 개밖에 안 주느냐?"며 이의를 제기하였다.

아이들에게 세 개가 더 낫다고 아무리 설명해 본들 먹히지 않을 것이고, 너무 작아 아이들에게 나눠주지 않으려 했던 고구마라도 한 개 더 주니, 그제야 만족한 듯 얼굴에 미소를 띠며 제자리로 돌아갔다.

역시 수에 민감한 나이라 어쩔 수 없지!

　위급한 상황에서 간절히 기도할 수 있음이 얼마나 다행인지 모른다. 절박한 순간에 절박한 마음을 누군가에게 전할 수 있음도 또한 얼마나 다행인지.

인간의 나약함은 언제나 우리 삶 곳곳에 자리하고 있는데, 그때마다 기댈 누군가가 없다면 얼마나 마음이 절망적이고 황량할까? 반면, 절박한 상황에서 누군가에게 매달리며 애원할 곳이 있음은 또 얼마나 다행이며 감사로운가!

아이들을 사랑하시어, 언제나 위험에서 지켜주시고 보호해 주시는 하느님의 사랑을 또 느끼며, 아슬아슬한 마음으로 하루를 보냈지만, 아이들은 수확의 기쁨을 한껏 즐기며, 모두가 만족한 듯한 얼굴로 집으로 돌아가는 모습이 마냥 행복해 보였다.

뱀 잡은 거요!

○○○유치원은 뒤로는 산이 둘러싸여 있고, 앞으로는 논이 펼쳐진 아름답고 자연 친화적인 곳이다.

그런데 인사이동 후 처음 들은 얘기가 유치원에 뱀이 많이 나타난다고 하였다. 뱀이라 하면 모두가 두려워하고 무서워하는데, 하물며 아이들이 생활하는 곳에 뱀이 많다는 것은 매우 심각한 상황이었다. 교사들도 이미 뱀의 등장에 단련되어, 뱀 등장에 따른 행동요령이 숙지되어 있을 정도였다.

교사들이 말하는 뱀 등장에 따른 행동요령은,

첫째, 뱀을 제일 먼저 발견한 교사가, "뱀이다!" 하고 소리 지른다.

둘째, "뱀이다!" 소리를 들은 교사가 얼른 식당에 있는 정수기에서 뜨거운 물을 받아와 뱀에게 붓는다.

셋째, 다른 교사는 막대를 들고 와 뜨거운 물세례를 받은 뱀이 꿈틀거리고 있을 동안 막대로 내려친다.

넷째, 뱀이 생명을 다하면 숲속에 내다 버린다.

군인들이 훈련 나갔을 때 하는 행동도 아니고, 결혼도 하지 않은 여교사들이 하는 행동이라 하니, 도대체 어떻게 받아들여야 할지가 고민이었다. 아이들을 사랑하는 마음으로 아이들의 안전을 위해 그렇게 한 것만은 분명한데, 그래도 젊은 아가씨들이 실행하기에는 고개를 갸우뚱거릴 수밖에 없는 이야기였다. 아직 상황 파악을 하지 못한 신입 교사가 아이들을 바깥 놀이터로 데리고 나가다 뱀을 발견하고는, "얘들아, 뱀을 관찰해 보자!"라고 했다가 선배 교사들에게 혼쭐났다는 얘기도 전해 들었다.

　그래서 부임하자마자 유치원에 뱀이 나타나지 못하게 하는 방법에 대한 연구에 몰두했다. 지인들에게 자문을 구하고 인터넷에 들어가 여러 가지 정보도 찾아보고 했는데, 뱀이 구멍에서 나온다는 소리를 듣고 유치원 옹벽에 있는 구멍에 모조리 하수구 마개를 끼웠다. 마개를 끼우면서도 뱀이 얼마나 머리가 좋기에, 옹벽 구멍이 있는 곳의 각도를 알고 땅속으로 들어가 옹벽 구멍에서 나올까? 하고 생각하였다.
그러나 그 생각은 혼자만의 무지에서 온 착오였는데, 뱀이 땅속으로 들어가 옹벽 구멍 각도에 맞춰 옹벽 구멍에서 나오는 것이 아니라, 뱀이 외부에 나왔을 때 땅속 공기와 외부 공기가 맞지 않아, 외부 온도가 차게 느껴지므로 따뜻한 구멍을 찾아 들어간다고 하였다. 그래서 옹벽 구멍으로 뱀이 기어들어 갈 수가 있는데, 완전히 거꾸로 생각하였다.
옹벽에 난 구멍은 배수구였으니, 무지가 상상력을 맘껏 키웠다. 그러나 외부로 나온 뱀이 옹벽 구멍으로 들어갈 수 없도록 하수구 마개로 막아놓은 것은 결과적으로 잘한 일이었다.
땅꾼을 모셔와 뱀을 잡아 보려고도 했으나, 이런 야산에 있는 뱀은 값어치가 없어 땅꾼들도 오지 않는다는 소리를 들으며 또 고민에 빠졌다.
이런저런 정보 끝에 뱀이 논이나 산에서 유치원 쪽으로 들어온다는 소리를 듣고, 유치원 둘레의 논과 유치원 경계 사이를 아주 촘촘한 쇠망으로 담장을 한 번 더 치고 나니 좀 안심이 되었고, 실제로 뱀이 거의 자취를 감춘 듯, 다행스럽게도 유치원에 뱀이 별로 등장하지 않았다.

어느 날, 이웃 성당에 갔다가 6학년이 된 유치원 졸업생을 만났다. 유치원 다닐 때 원장님, 선생님이 누구냐는 질문에 모른다고 하기에, 그러면 유치원 다녔을 때 가장 기억나는 일이 무엇이냐 물었더니, 깊이 생각할 겨를도 없이 "뱀 잡은 거요!" 하고 대답하였다.
"뭣이…?"
깜짝 놀라며, '어찌 하필이면 그런 좋지도 않은 것이 떠오르는가!…' 하는 생각이 들어 그 아이의 기억을 바꿔주고 싶은 마음이 가득했지만, 이럴 수도 저럴 수도 없었다.
그때 당시 6학년 정도면 설립 초창기에 유치원에 다녔을 터인데, 초창기에는 주변 자연환경이 제대로 정리되지 않은 상태라 뱀들도 훨씬 더 많았겠지만, 그래도 아이 입에서 그런 말이 나오니 가슴이 철렁하였다.

어른들이 생각하는 것과 아이들이 생각하는 것은 큰 차이가 난다. 어른들은 뱀에 대한 선입견으로 유치원에 뱀이 나타나는 상황을 수용하기 힘들지만, 아이들은 그것을 놀이의 한 방법으로 생각하거나 하나의 생물체에 대한 관심으로 접근한다. 그래서 어른들보다 훨씬 더 자연 친화적이고 다른 생물과의 공생을 더 쉽게 하며, 잘 융합하는 모습을 볼 수 있다.
유치원에 뱀이 나타난다는 사실을 그 당시 학부모들이 알았더라면, 과연 유치원에 아이들을 보낼 수 있었을까? 학부모들이 알았는지 몰랐는지 알 수는 없지만, 이런 과정들을 겪고서도 그 지역사회에서 명성 높은 유치원으로 거듭난 것이 천만다행이라 생각하였다.

내가 근무하는 동안에는 뱀의 출현으로 인해, 교사들이 행동요령 실천하는 것을 한 번도 볼 수 없었기에, 이 또한 여간 다행한 일이 아니었다.

왜 동생들은 안 해요?

　유치원 옆 산을 조금 낮게 정리하여, 아이들의 자연 놀이터로 바꾸는 공사 중이었다.
잔디를 언덕이나 바닥 평면에 까는 작업을 하는 중이었는데, 트럭에 싣고 온 잔디를 15칸 정도 계단 위로 들고 올라가 심어야 했으므로, 일하시는 분들이 대부분 연세가 드셨기에, 도와드리고 싶은 마음이 생겼다.

　유치원에서 가장 크고 힘센 만 5세 아이들을 모아놓고,
"얘들아, 우리가 잘 뛰어놀 수 있도록 잔디를 깔아주시는 분들이 힘들게 작업하고 계시는데, 우리가 좀 도와드리면 어떨까?"
씩씩하고 용감하며 남 도와주기를 즐거움으로 여기는 아이들이 한결같이, "예, 좋아요!" 하고 대답하였다.
트럭으로 잔디를 실어와 부어놓은 데서부터, 계단 위로 올라가 잔디를 옮겨주는 작업을 시작하였다. 계단이라 위험하고, 잔디 묶음이 무거워 한 묶음씩만 들고 조심스레 계단 위로 운반하자고 하였더니 신나게 열심히 작업에 임하였다. 어떤 남자아이들은 양손으로 두 묶음을 들고

내 앞에 와 힘자랑을 하며 과시하기도 하였는데,

"잘하네, 야! 힘이 정말 센데? 정말 열심히 하네!"라는 소리를 연발해 주니, 아이들도 더욱 신이 나 힘든 줄 모르고 잔디 옮기는 작업을 하였다.

그런데 어떤 여자아이가 겨우 한 묶음을 옮기고는, 내 주변을 빙글빙글 돌며 멈칫멈칫하더니,

"왜 동생들은 안 해요?"

'이런, 하기 싫은가 보구나, 괜히 동생 핑계를 대는 것을 보니….' 하고 생각하였지만, 어디까지나 봉사활동이었기에 나무랄 수는 없는 일이다. 그래서 좋은 목소리로 다정하게,

"너희들은 힘이 세지만, 동생들은 너희들보다 힘이 약하니까 잔디 옮기는 것이 힘들겠지? 혹시 동생들이 잔디 옮기다 다치면 네 마음이 어떨까?"

"안 좋아요!"

"그래, 네가 언니니까 동생들 사랑하는 마음으로 대신해 준다고 생각하며 열심히 하자!"

그 여자아이는 별로 달가워하지 않은 듯한 표정으로, "예…." 하고 대답하며, 마지못해 잔디 옮기는 아이들 대열로 들어갔다.

　무슨 일을 할 때, 어떤 집단에서든지 열성적으로 임하는 사람이 있는가 하면, '내가 왜 해야 하지?' 하고 반감을 품는 사람, 하기 싫어 핑계를 대는 사람, 어떻게 하든 꾀를 부리며 자기 몸을 사리는 사람 등 여러 부류의 사람들이 있는 것처럼, 아이들 세계에도 똑같은 현상이 일어남을 느낀 날이었다.

그러나 자기 뜻이 관철되지 않으면 괜히 부정적인 표현으로 분위기를

흐려놓는 일부 사람들과는 달리, 바람직하고 합리적인 설명을 하면 이내 납득하고, 공동체에 아무런 이의 없이 합류하는 힘이 아이들에게 있음이 얼마나 기특하고 대견한지 모른다.

  작업이 끝난 뒤, 많은 양의 잔디를 옮겨놓은 것을 보고,
'아이들의 힘을 무시 못 하지, 역시 최고야! 개미들의 힘을 어찌 당하겠어!' 하며 혼자 속으로 흡족해했다.
이렇게 아이들의 도움으로 잔디 작업하시는 분들에게 조금이나마 힘이 되어 드렸고, 자신들이 사용할 장소에 대한 애착을 더 느끼게 했던 재미있는 하루였다.
역시 우리 아이들 대단해!!!

잡초 뽑으러 가야지!!!

　유치원 보도블록 사이사이 잔디에 잡초들이 송송하게 나와 있어 뽑아야 할지 말아야 할지를 고민하게 만들었다. 교사들도 늘 바쁨에 허우적거리는 삶이라 함께 뽑을 수도 없고, 그래서 아이들에게 재밌거리를 주기로 작정하였다.

　"얘들아! 오늘은 수녀님이랑 잡초 뽑는 작업을 해보도록 하자!"라고 얘기했더니, 아이들의 눈빛이 반짝반짝 호기심으로 채워졌다. 아이들을 모아놓고 잡초를 뽑아야 하는 이유와 어떤 것이 잡초인지, 잡초 뽑는 방법 등을 설명한 후 함께 작업에 들어갔다.
따라다니며, "이것도 잡초예요?" 하고 묻기만 하며 제대로 뽑지 않는 아이, 친구들과 어울려 딴짓하며 노는 아이, 몇 개 뽑고는 금방 싫증 내며 "못 하겠어요. 힘들어요!" 하는 아이들이 대부분이고, 제대로 뽑는 아이는 불과 몇 명에 불과하였다.
잡초 뽑는 작업에서 드러난 아이들의 상태는 아주 다양했지만, 아이들이 뽑은 잡초를 모아놓으니, 물론 잡초 아닌 잔디를 더 많이 뽑긴 했지만, 그래도 제법 양이 쌓였다. 미니 수레에 잡초를 실어 버린 후, 손을 씻고 교실로 들어가는 아이들의 뒷모습에서, 각자 나름대로 일을 열심히 했다는 의기양양함을 읽을 수 있었다.

잡초 뽑는 작업이 재미가 있었던지, - 물론 자유롭게 노는 시간이기도 하니까 - 곧잘, "오늘은 잡초 뽑기 안 해요?"라며 관심을 보였다.

햇빛이 너무 강하지 않은 날, 전날 비가 와서 땅이 꼽꼽한 날, 아이들이 교실에서 집중력이 떨어지는 산만한 날을 골라서 한 번씩 잡초 뽑기 작업을 즐겁게 하였다.

어느 날, 현관에서 학부모랑 이야기할 일이 있어 아이에게,

"○○야, 잠깐 나가서 혼자 놀고 있을래? 수녀님이 어머니랑 할 얘기가 있거든?"

내 말을 듣고 대뜸 한다는 소리가,

"나 잡초 뽑으러 가야지!"

신나는 어투로 혼잣말을 하며 아이가 현관 밖으로 뛰어나갔다.

자연스레 몸에 밴 듯이 혼잣말을 하고 나가는 아이의 뒷모습을 바라보며, 나는 약간 얼굴이 달아올랐다.

'아이들에게 잡초 뽑는 일을 시키는 유치원이라고 학부모가 부정적으로 생각하지 않을까?

어린아이들에게 별일을 다 시킨다는 말을 듣지 않을까?'

그래서 얼른 학부모에게,

"아이들과 잡초 뽑기 작업을 했더니 저리 좋아하네요!"라며 선수를 쳐서 이야기하였더니, 학부모도 즐거운 표정으로 수긍하였다.

몬테소리교육 프로그램에 정원 가꾸기라는 작업이 있다. 작업을 통

해 신체 에너지를 조절할 줄 아는 아이들이 반드시 건강한 심신으로 자랄 수 있음을 확신하며, 잡초 뽑기가 교육의 한 방법이라 힘주어 이야기하는데, 혹시라도 학부모들로부터 부정적인 반응이 들어올까 약간은 뒤통수가 당겨짐을 느끼기도 했지만, 다행히 아이들은 신체 에너지와 맞는지 무척 신나게 작업을 즐겼다.

교육자로서 좋은 교육 철학을 가지고 교사 나름의 방법으로 접근을 하더라도 호응을 얻지 못하는 경우가 있다. 그래서 어떤 행사를 하거나, 아이들을 위해 특별한 프로그램을 할 때 솔직히 학부모들의 반응에 눈치를 보기도 하는데, 준비하는 과정에서 학부모들의 수고가 간혹 필요하면 즉시 부정 반응이 날아오는 경우도 있고, 다행히 아이들이 즐거워하고 신나는 반응을 보이면, 그것으로 학부모들의 부정 반응이 상쇄되기도 한다.

새로운 시도를 하는 것은 언제나 모험이 따르고, 여러 가지 압박도 견디어 내야 하는 용기가 필요하다. 최선을 다해 아이들의 성장을 위해 새로운 시도를 해보려는 교사들에게, 학부모들이 따뜻한 시선으로 응원의 메시지를 보낸다면, 교사들은 더욱더 열성적으로 아이들이 즐거워하고 행복해하는 프로그램들을 가꾸어 나가리라 생각한다.

등산은 언제 가요?

1년에 한 차례씩 경북 군위군에 있는 농장에 아이들을 데리고 갔다. 도심의 아이들을 자연 속에서 숨 쉬게 하는 것이 목적이긴 하지만, 여러 가지 아이들의 성향에 맞는 활동들을 할 수 있기에, 아이들도 나도 늘 기대감에 들뜨며 좋아했던 장소다.

공기 좋은 가을의 하늘은 영혼까지 맑아질 정도로 깨끗하고 아름다우며, 산 위에서 내려다보는 가을 산의 아름다움 역시 이루 말할 수 없을 정도로 사람을 정화시키는 듯하였다.

아름다운 자연 속에서의 아이들 활동은 등산, 사과 따기, 야콘 캐기, 고구마 캐기, 메뚜기 잡기, 여러 가지 자연물 관찰하기 등이며, 산속으로 가는 것이므로 빠질 수 없이 등장하는 것이 뱀과 멧돼지에 대한 이야기이다. 도시 한 가운데 사는 아이들에게 산에서 뱀과 멧돼지가 나온다는 이야기는, 그야말로 모험의 세계로 떠나는 듯한 기대와 설렘, 긴장과 떨림, 무서움과 용기를 샘솟게 하였다.

활동하기 전, 충분히 사전 학습을 하고 임하게 되는데, 뱀은 사람이 지나가는 진동을 느끼면 스스로 도망가므로, 뱀이 진동을 느낄 수 있도록 발에 힘을 주며 쿵쿵 걷자 이야기하였고, 멧돼지는 무리 지어 다니긴 하지만 우리들 무리가 더 크기 때문에 멧돼지가 도망가니 걱정하지 않도록 이야기했다. 만약 멧돼지가 나타날 경우, 수녀님이 눈 크게 뜨고 멧돼지 눈을 뚫어져라 쳐다보면 멧돼지가 도망갈 거니까 무서워할 필요가 없다고 이야기했다. 과연 믿을만한 근거가 있는 소리인지는 모르겠으나, 뱀과 멧돼지에 대한 오리엔테이션을 이 정도하고 출발하였다.

농장에 도착하여 천천히 걸어가고 있었는데 어떤 아이가 느닷없이,
"등산은 언제 가요?"
"지금 산으로 올라가고 있지? 바로 지금 등산을 하는 중이란다!"
아이가 등산을 한 번도 해보지 않았는지, 등산이라는 용어의 의미를 모르고 있는 건지, 산속으로 걸어가고 있는데도, "등산은 언제 가요?" 하고 질문을 하였다.
"멧돼지 나오면 어떻게 해요?"
"뱀 나오면 어떻게 해요?"
쏟아지는 질문을 들으며 아이들의 태도를 보니, 어쩐지 부자유스레 엉거주춤하게 걸음을 걷고 있었다.
'아니, 얘들이 걸음을 왜 저렇게 걷지?'
이런, 유치원에서 오리엔테이션 한 대로 뱀이 나올까 봐, 발에 힘을 주며 쿵 쿵 걷고 있는 것이 아닌가!
나는 이미 아이들에게 이야기한 것을 다 잊고 있었는데, 아이들은 뱀 예방지침을 들은 대로 실천하고 있었다.
정말 똑똑한 우리 아이들!!!
아이들의 무리와 발의 진동 덕분인지 다행히 그날, 멧돼지와 뱀과의 만남은 이루어지지 않았다.

나 혼자만 아는 비밀 하나!!!

맨 앞에서 등산 안내를 하였는데, 등산로 일부에 멧돼지 가족이 나타나 땅을 헤집고 간 흔적을 발견하고, 혼자 속으로 조마조마 간을 태우며 아이들을 인도했다는 사실!

아이들이 있을 때, 진짜 멧돼지가 나타났더라면 어찌 되었을까?

내가 눈을 부라리며 멧돼지 눈을 바라볼 수 있었을까?

아이들을 보호해야겠다는 책임감으로 멧돼지 눈을 뚫어져라 쳐다보았다 치면, 과연 멧돼지가 나의 눈 힘에 기가 꺾여 도망갔을까?

나는 무서운 짐승을 만났을 때, 나의 눈빛으로 한번 겨루어보는 상상을 가끔 하였는데, 다행히 그런 상황은 일어나지 않았다.

아이들이나 어른들에게 호기심과 상상력은 무서움과 두려움 속에서도 용기를 가지게 하는 에너지인 것 같다. 뱀과 멧돼지의 등장이라는 두려움이 마음 한 구석에 있었지만, 두려움 못지않은 호기심과 상상력 덕분에 용기를 내어 산에 오르는 아이들의 모습을 보며, 수없이 많은 인류의 선조들이 호기심과 상상력 덕분에 과감하게 두려움을 떨쳐내고 발견과 발명을 하였을 것이라 생각하였다. 인간에게 내재된 기본적인 두려움보다, 용기가 더 인간의 욕구를 자극하고 동기 유발시킨다는 나름의 결론을 아이들을 통해 얻을 수 있었다.

이런저런 상상의 나래를 펼치며, 또 하루 즐겁고 신나게 자연의 일부가 되어, 아이들과 함께 산에서의 흥미로운 활동을 마무리하였다.

배에 힘을 어떻게 줘요?

보통 사람들은 유치원 하면 가장 먼저 떠오르는 것이 춤추고 노래하는 곳이라는 개념을 가지고 있는 것 같다. 우리 유아교육 전문가들은 결코 그것이 다가 아니라 아주 작은 일부에 속한다고 주장하지만, 옛날부터 지금까지 사람들의 의식은 별 변화가 없는 듯하다. 그러니 유치원이나 어린이집에 다니는 아이들에게, '노래해 봐라, 율동해 봐라'라며 어른들이 요구하는 것을 많이 볼 수 있다.

실제로 유치원에서는 노래로 많은 활동을 한다. 아이들에게 쉽고 유익하게 접근하기 위한 방법으로 노래를 많이 사용하는데, 노래 음에 맞춰 고사성어를 부르기도 하고, 한글이나 영어도 곡에 맞춰 노래하며 활동하다 보니, 아이들의 하루 활동 내용 중 노래가 차지하는 비중이 높은 것은 사실이다.

나도 때로는 아이들과 함께 노래 부르기를 하였는데, 노래할 때 큰 소리로 목에 핏대를 세우며 목청껏 지르는 것을 잘하는 것으로 생각하는 아이들이 많다. 그런데 소리를 지르면 좋은 노래의 맛을 잃어버리기 십상이므로 아이들에게 소리만 지르지 말고 좋고 아름다운 소리를 내자고 이야기는 하는데, 아이들이 잘 알아듣지 못하였다.

"배에 힘을 주고 소리를 내어보세요."
아이들 목소리가 좀 나아지려나? 하고 기대를 했지만 전혀 나아지질
않았다.
배에 힘을 주며 소리를 내라고 자꾸 강조를 하니 어떤 아이가,
"배에 힘을 어떻게 줘요?"라고 질문을 하였다.
몸통이 악기이므로 몸 전체에서 소리가 나오도록 배에 힘을 주고, 발
끝에서 머리로 소리를 끌어 올리는 기분으로 소리를 내라고 수녀원 성
가 연습 시간에 수없이 들어온 이야기라, 아이들도 이렇게 부르면 고
함을 덜 지르지 않을까? 라는 생각으로 얘기했지만, 정작 나도 잘하지
못하는 것이 사실이다.

아이들이 좀 더 아름다운 목소리를 내며, 노래를 잘 부르게 하고 싶
은 바람이 지나치게 과했구나 하고 반성을 했지만, 그래도 아름답고
고운 소리를 내야 한다는 의미는 아이들도 충분히 받아들였으리라 믿
는다. 때로는 동요 지도 교사를 초대해 아이들 노래 지도를 하였지만,
교사들이 아이들의 노래 지도가 쉽지 않다고 이야기하는 것을 이해하
지 못했는데, 바로 이런 것이구나 하고 깨달은 날이기도 하였다.

하늘을 나는 새들에게도 각자의 소리가 있다. 각자의 소리를 잘 낼
때 그 안에서 아름다움을 발견할 수 있듯이, 사람에게도 각자의 철학
이 깃든 소리가 소신껏 울려 나올 때 아름다움을 느낄 수 있다. 각자의
철학이 깃든 소리를 내기 위해서는 여러 가지 사회 현상을 객관적으로

바라보고 판단할 수 있는 시각이 필요하며, 다른 사람들이 하는 말에 부화뇌동하여 이리저리 따라가다 보면 자신의 고유한 철학을 가질 수 없고, 군중의 흐름에 따라 제대로 분별하지 못하고 행동할 때도 많다. 자신만의 고유한 철학을 음성으로 표현할 때, 다른 사람들에게도 감동을 주며 아름다움을 느끼게 한다.

　어른에게는 어른의 소리가 있고 아이들에게는 아이들의 소리가 있다. 어른의 노래에서 느끼는 세련된 아름다움과는 달리 아이들이 씩씩하게 부르는 노랫소리는 언제나 활기차고 새로운 에너지를 불어넣어 준다.

아니~~~ 젊은 할머니라고

 유치원 마지막 학년인 만 5세 아이들이 현장학습이나 견학을 갈 때 항상 그들과 함께 셔틀버스를 타고 갔는데, 평소에는 교사들이 수업을 관장하고 있기에 아이들과 함께 수업할 기회가 별로 많지 않다. 그래서 이때만이라도 아이들의 정신무장 교육을 시키는 기회로 삼고, 여러 가지 생활의 지혜들에 대해 이야기를 나누었다.

"이제 곧 우리 친구들이 초등학교에 가야 하는데, 초등학교에 가면 어떻게 지내야 하나요?"

"공부 열심히 해야 해요."

"친구들과 사이좋게 지내야 해요."

"다른 친구들을 도와주어야 해요."

"그렇다면 왜 공부를 열심히 해야 하지요?"

이때부터 나의 세뇌 교육이 시작된다.

 내가 열심히 공부해서 준비가 되어있어야, 다른 사람들이 필요로 할 때, 다른 사람에게 도움이 되는 일을 할 수 있다. 우리가 위인이라 부르는 훌륭하신 분들은 모두 다른 사람들을 위하여 도움이 되는 일을 하셨다. 세종대왕이 백성들을 위해 열심히 연구하여 한글을 만드셨고, 이순신 장군도 다른 사람들을 살리기 위해 열심히 전쟁에 임하셨으며, 아인슈타인도 다른 사람들에게 도움이 되기 위해 열심히 연구를 하셨다.

열심히 공부해야만 다른 사람들에게 도움이 될 수 있고, 다른 사람들에게 많은 도움이 되는 사람이 훌륭한 사람이며, 우리나라를 빛내는 사람이 될 수 있다.

그래서 우리는 열심히 공부하여, 다른 사람들에게 도움이 되는 일을 하는 훌륭한 사람이 되어, 우리나라를 빛내야 한다.

공부하는 것이 어렵고 힘든 일이긴 하지만, 훌륭한 사람이 되려면 참고 견디며 열심히 해야 한다.

주로 이런 내용을 반복적으로 아이들과 함께 주거니 받거니 하며 알려주긴 하는데, 알아듣는지 못 알아듣는지 나도 잘 알 수 없다.

아이들이 초등학교에 가서 당장 학습과 연관된 활동을 하며 어려움에 처할 생각을 하면, 미리부터 정신무장 시키고자 하는 마음으로 열변을 토하며 세뇌를 시켰다.

　아이들과 한창 열정적으로 대화를 나누고 있는데, 갑자기 여자아이가 손을 번쩍 들었다. 무슨 이야기인지 해보라 하였더니,

"할머니~"라며 이야기를 시작하려는 것이 아닌가!

'지금 이 마당에 나에게 할머니라니, 이 무슨 소리란 말인가!…'

'내가 정말 아이들 눈에 할머니로 보인단 말인가?'라는 생각이 들자 당장 아이들에게,

"얘들아, 지금 ○○가 수녀님에게 '할머니'라고 하였는데, 정말 수녀님이 할머니냐?"

아이들이 상황 파악을 제대로 하였던지 한결같이,

"아니에요. 수녀님은 할머니가 아니에요!"라고 고개를 저으며 소리 질렀다.

'그러면 그렇지!' 어깨가 으쓱해진 나는,

"그렇지, 얘들아! 수녀님이 할머니가 아니지?"

재차 확인을 하니, 아이들이 다 동의해 주었다.

이런 상황을 지켜보면서, 나에게 무심결에 '할머니'라고 불렀던 아이가 겸연쩍어하며 어쩔 줄 몰라 하더니, 아주 작은 소리로 혼자 중얼거리듯이,

"아니~~~ 젊은 할머니라고!"

　모든 아이들이 다 할머니가 아니라고 동의를 하였건만, 내가 할머니가 아니라는 생각에 그 아이는 도저히 양보할 의사가 없었던지, 기어코 젊은 할머니라 주장하였다.

그렇다고 나이 먹을 만큼 먹은 내가 만 5세 아이를 상대해 화를 낼 수는 없고, 기분 나빠할 수도 없고, 위기를 모면하기 위해 어쩔 수 없이 젊은 할머니라고 표현을 하긴 했지만, 그 아이 눈에는 내가 영락없는 할머니가 맞는가 보다.

아이들이 일상에서 할머니랑 함께 생활하다 보니, 유치원에서도 무심결에 할머니라는 용어가 아이들 입에서 나오기는 하지만, 열변을 토하고 있던 그날은 괜히 장난기가 발동하여 굳이 아이들에게 확인을 해보았다.

　수녀들도 일반 여인들도 어느 순간에 할머니라는 소리를 듣게 되는

데, 그 소리를 처음 들었을 때 약간의 충격을 받는 것 같다. 현실적으로 따져보면 손녀, 손자가 있을 법한 나이임에도 불구하고, 막상 할머니라는 표현을 듣게 되면 수긍하기가 쉽지 않은 듯, 이를 거부하기도 한다. 더구나 어린아이들이 있는 유치원에서 원장이 할머니 대우를 받으면, '이제는 나이가 많아 아이들과의 통교에 점점 더 벽이 생기겠구나!'라는 생각이 들며 스스로 위축되어 자신의 상황을 되돌아보게 된다.

인간은 성장하면서 점점 다른 호칭으로 바뀌며 불리게 되는데, 할머니, 할아버지가 마지막으로 불리는 호칭이며, 할머니, 할아버지 상태에서 다른 세상으로의 전환이라는 귀로에 서게 된다. 그래서 사람들이 이 호칭을 들을 때가 되면, 자신의 인생을 반추해 보며 서서히 다음 세계를 준비해야 함을 느끼기에, 이 호칭의 단계에 들어섰을 때가 가장 충격으로 다가오는 것이 아닐까?라는 생각을 해본다.

그러나 세월을 어쩌리오!!!
사실 나에게도 예쁘고 사랑스러운 손자, 손녀가 6명이나 있는 할머니가 맞긴 한걸….

3부

또다른 희망

가톨릭 유아교육과정

종신서원[3] 후 얼마 되지 않아 우리 수도회 유아교육분과 수녀님들과 함께 부산에 있는 불교에서 운영하는 큰 유치원을 방문한 적이 있었다.

넓은 장소에서 아이들을 위해 온갖 좋은 시설을 다 갖춰놓았고, 학부모들의 인지도도 높아 유치원 운영이 아주 잘되던 곳이었다. 여러 가지로 감탄하며 이곳저곳을 둘러보고 있던 나에게 '불교 유아교육과정'이라는 책이 눈에 들어왔는데, 책 전체를 유심히 살펴보니 불교의 정신을 담아 유아들에게 지도할 수 있는 불교 유아교육의 지침서였다.

나라에서 각 연령 단계마다 제시하는 유아교육과정이 있으며, 이 교육과정 지침에 따라 교육 현장에서 아이들을 지도한다.

우리나라 유아교육의 역사를 보면 가톨릭 유아교육이 불교보다 더 앞서 있었고, 기관 수나 원아 수, 종사자인 수도자들의 숫자도 불교 유아

---

3) 종신서원: 서원이란, 하느님의 사람이 되어 하느님의 일을 하겠다는 하느님과의 약속이다. 수녀회 입회하여 약 3~4년간의 수련 기간 후 첫 서원을 하게 되며, 매년 갱신 서원을 4회 정도 하다가 종신서원을 하게 된다. 종신서원은 일생을 하느님께 자신을 바치겠다는 하느님과의 약속이다.

교육을 훨씬 능가하고 있을 때였는데, 가톨릭에서는 그때까지 가톨릭 정신을 담은 유아들의 교육 지침서인 가톨릭 유아교육과정이 없던 상황이었다. 가톨릭 유아교육이 최고라 생각했던 상황에서, 불교 유아교육과정 지침서가 있다는 것이 나에게 많은 자극이 되었고, 괜히 긴장감을 불러일으키기도 하였다.

그때부터 가톨릭 유아교육과정이 늘 나의 마음 한 구석에 자리하게 되었다.

한국천주교 여자수도회 장상연합회 유아교육분과위원회 연구부장을 맡으면서 이 꿈을 꼭 실현해야겠다는 결심을 하고 준비 작업에 들어갔다. 연구부 수녀님들이랑 여러 차례 모여, 방향과 전개를 어떻게 해야 할지 머리를 맞대어 수차례 고민하며, 중앙대학교 유아교육학과 ○○○ 교수팀과 공동 제작하기로 결정을 하였고, 총 책임연구원을 맡게 되었다.

교육부 유아교육과정과 가톨릭 정신을 어떻게 접목할 것인지에 대해, 주제 선정에서부터 수업 진행 과정, 프로그램 적용, 가톨릭 정신에 부합한 활동 삽입하기, 단계별 활동내용 선정 등 수없이 연구하고 수정하며 방향을 전환하였고, 끊임없이 새로운 방향을 모색하여 가톨릭 유아교육과정을 완성하였다. 만 4세와 만 5세의 두 연령차에 따른 단계별 내용을 책 2권에 집대성하여, 마침내 분도 출판사에서 발간하였는데, 한국 가톨릭 유아교육 100년사에 큰 획을 긋는 사건이었다.

교육부 유아교육과정에 가톨릭 정신을 삽입시킨 가톨릭 유아교육과정 활용법에 대한 교사 연수를 중앙대 교수팀과 함께 전국적으로 확대하여 진행함으로써, 현장에서 아이들 교육에 쉽게 적용할 수 있도록 도와주었는데, 가톨릭 교육과정에 대한 기대가 열정으로 다가와 모두들 열심히 임하였다.

3년여의 긴 시간에 걸쳐 가톨릭 유아교육과정이 완성되어, 현장에서 아이들에게 가톨릭 정신을 적용할 수 있었던 것이 참으로 은혜로웠고, 함께해 주신 중앙대 교수팀과 연구부 수녀님들 그리고 지지해 준 회장단에게도 감사로웠다. 오랜 세월 동안 마음에 담고 있었던 것이 교육 현장에서 이루어진 것에 대해 진심으로 감개무량했다.

 작은 씨앗을 뿌리는 작업을 하였지만, 이로 인해 유아교육 현장에서 가톨릭 유아교육과정이 잘 활성화되어, 아이들이 올바른 가치관을 형성하고, 하느님으로부터 영원히 사랑받는다는 의식을 하며, 예수님 사랑 안에서 서로 함께 사랑을 나누어, 행복한 아이들로 자랄 수 있는 교육 활동이 끊임없이 이루어지길 기대해 본다.

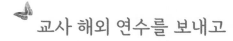# 교사 해외 연수를 보내고

교사들의 안목을 넓히고, 자신이 근무하는 유치원 교사로서 자긍심을 키워주기 위해 교사들에게 자주 해외 연수의 기회를 마련하였다. 미국, 유럽, 아시아 등 각국의 문화와 문물을 경험해야 아이들을 대할때 지도의 폭이 넓혀질 것이라 생각하며, 교사들의 성장을 위해 때론 무모하리만치 연수를 계획하였다.

어느 겨울, 그해는 교사들을 미국으로 보낼 계획을 하였는데, 겨울 방학식과 교사들이 출발하는 날이 하루가 겹쳤다. 그래서 남아있는 직원들이 아이들을 잘 돌볼 테니 아무 걱정 없이 떠나라고 교사들을 안심시키며 등을 떠밀어 보냈다.

학부모들의 동의하에 교사들은 새벽에 인천공항을 향해 출발하였고, 나를 비롯하여 건강상 해외로 나갈 수 없는 교사와 남직원, 여직원들이 함께 아이들을 돌보기로 하였다.

아이들이 유치원에 등원하자마자 모두 강당에 모여, 나의 지도 아래 노래를 하고, 영상물도 관람하며, 그동안 배운 여러 가지 동시, 고사성어, 속담들을 주거니 받거니 하며 즐겁게 지냈다.

거기까지는 아주 양호했는데 문제는 간식이었다. 교사 손이 부족하여 최대한 손이 덜 가는 간식으로 빵을 주문하였는데, 빵 중에도 가루가 덜 생기는 빵을 준비했더라면 좋았을 텐데, 하필이면 아이들이 좋아한다고 머핀을 준비한 것이 큰 실수였다.

카펫 깐 위에 의자를 준비하여, 아이들이 의자에 앉아서 활동하다가, 바로 그 자리에서 머핀과 음료를 주며 먹도록 하였는데, 한 입 베어 먹을 때마다, 아이들이 몸을 움직일 때마다 머핀 가루가 의자 위로, 카펫 위로 부스스 떨어졌다.

음료수 뚜껑 따 달라는 소리, 빨리 빵 달라는 소리, 정리 정돈 잘하자는 나의 소리들이 얼마나 그 시간을 혼란스럽게 만들었던지, 그야말로 아이들에게 쩔쩔맨 시간이었다.

한바탕 난리를 치른 후 아이들을 하원 시키고, 그 큰 강당의 카펫 구석구석에 떨어진 빵가루 청소하느라 또 쩔쩔매었다. 교사들은 새벽부터 리무진을 타고 인천공항으로 가던 중이었는데, 눈이 많이 내려 시야가 가려져 차가 속도를 내지 못한다고 연락이 와, 혹시나 하는 불안감으로 마음이 쩔쩔맨 그런 날이었다.

　어떤 때는, 교사들 모두 해외 연수를 보낸 다음 교실 벽면 페인트칠을 하였는데, 페인트칠할 수 있도록 혼자서 다 도와주어야 했고, 페인트칠 끝난 후에는 9개 교실을 아르바이트생을 채용하여, 교사들이 돌아와 편히 일할 수 있도록 교실의 교구장과 교구 등을 모두 세팅해 주기도 하였다. 페인트칠 준비부터 뒷정리 및 교실 세팅까지 그야말로 혼자서 북 치고 장구 치며, 그래도 교사들을 위하는 마음으로 견디어 낼 수 있었다.

다른 원장들이 이런 소리를 들으면, 정말 한심하고 무모한 원장이라 말할지 모르겠으나 평소 아이들을 위해, 또한 원장인 나 때문에 고생하는 교사들에게 조금이나마 위로와 힘을 주기 위해 이런 일을 기획하였다.

　일반 유치원보다 수녀가 원장으로 있는 곳이 더 힘들다고 교사들 사이에 오가는 얘기가 있다. 그만큼 수녀들이 철저하게 아이들 교육에 임하고 있고, 교사들이 합당하게 따라야 하는 상황이라 그런 얘기가 있는 듯하다. 그러나 전국을 이동하며 소임 하는 수녀들에게서 양질의 유아교육을 배울 수 있고, 다양한 교육환경을 경험할 수 있다는 생각에, 일부러 가톨릭계 유치원을 선호하는 교사들도 있다. 잠깐 유치원 교사 하다 유아교육계를 떠날 교사들은 쉬운 곳을 찾을지 모르겠으나, 장기전으로 유아교육에 헌신하고 싶은 교사들은 수녀들에게 제대로 배워 자신의 길을 찾아가는 교사들도 많다.
그래서인지 함께 일했던 교사들 중 많은 수가 지금도 유아교육 현장에서 원장, 원감으로 교육에 대한 자신의 뜻을 펼쳐나가고 있다.

　교사들에게 견문을 넓혀주고 바람을 쏘여주기 위해 해외연수를 기획하고, 원장이 굳이 고생을 자처한 것에 대해, 교사들이 원장의 마음을 알아주었는지 모르겠지만 간혹, 결혼한 교사들로부터 그때가 힘든 부분도 있었지만, 많은 것을 배울 수 있어 좋았고, 막상 결혼을 하고 나니 해외여행 가는 것이 쉽지 않은데, 그런 기회를 주어 감사하다고 표현하는 소리를 들으면, 원장으로서 고생한 보람이 있어 흐뭇해지기도 한다.

기적이 일어났어요

　유치원이나 어린이집에서는 현장학습, 견학, 소풍, 운동회 등 외부에서 날씨의 영향을 받으며 활동하는 일들이 많다.
그래서 행사 날짜를 잡아놓고 늘 노심초사하며 날씨의 변화에 관심을 기울이는데, 아이들도 외부로 나가는 것을 좋아하여 손가락을 꼽으며 기대하고 기다린다. 좋은 날씨 달라고 기도도 열심히 하고, 기도를 열심히 했음에도 비가 와서 행사가 취소되면 하느님께 섭섭함을 표현하는 등 날씨가 아이들에게 미치는 심리적 영향은 대단히 크다.

　이러한 아이들의 바람을 잘 알고 있기에 교사들도 날씨 변화에 상당한 촉각을 세우며 지켜보는데, 어느 날, 아이들과 함께 과학관에 들렀다, 다른 곳을 경유하는 경로로 견학이 예정되어 있었는데 날씨가 썩 내키지 않았다.
날짜를 더 이상 연기할 수 없어 추진하긴 했는데, 출발하자마자 바로 비가 내리기 시작하였다. 아이들이 비를 맞을 경우 수반되는 여러 가지 건강상의 이유 때문에 진행자로서도 몹시 걱정스러운 상황이 전개되었다.

목적지에 도착하여 아이들이 버스에서 내리려는 시간에, 다행스럽게도 비가 멈추어 아이들이 무사히 과학관 안으로 진입할 수 있었으며, 과학관을 다 견학한 후 다음 장소로 이동하였는데, 버스를 타자마자 또 비가 내리기 시작하였다. '에고~ 어쩌나' 하는 마음으로 기도하며 용을 쓰고 갔는데, 이 무슨 조화인지 버스에서 내릴 때가 되니 또 비가 그쳐, 아이들이 비를 맞지 않고도 무사히 견학을 마칠 수 있었다.

교사들이 모두 신기해하며, 수녀님의 기도 덕분에 기적이 일어났다고 한마디씩 하였다.

시골로 여름 캠프를 갔는데, 장마 기간과 겹친 까닭에 마음이 많이 불안했다.

오디 따먹고 보라색으로 변한 입속과 혀를 자랑스레 내밀며 신기해하였고, 깜깜한 밤중에 산에 올라가 반딧불이 불빛도 발견하여 함성을 지르며 즐겁게 행사를 진행하고 있었는데, 다음날, 논 웅덩이에서 재미있게 놀고 숙소로 가는 길목에서, 하늘이 갑자기 캄캄해지더니 비가 내리기 시작하였다.

아이들의 발걸음을 재촉하여 빠른 걸음으로 걷고 있는데, 신기하게도 그 구름에서만 비가 내렸고, 그 구름을 지나니 다시 햇빛이 아이들을 비춰주었다.

물이 증발되어 구름이 되고 구름이 모여 비가 내린다는, 물의 순환 과정에 대해 유치원에서 공부한 것을 자연 현장에서 그대로 체험하면서, 어른인 나도 신기해하였고 아이들도 함성을 지르며 자연현상의 변화를 목격하고 즐거워하였다.

그러나 비가 항상 비껴가지만은 않았다. 설마 하던 비가 내려 당황한 적도 있었고, 미리 날씨를 예상하여 교사들이 비옷판초을 준비해 가면 그 또한 재미있는 경험이 되었는데, 서울 어린이 대공원에 갔을 때는 비 덕분에 더 신난 실내놀이터에서 놀았던 경우도 있었다.

아이들과 함께 하는 동안 날씨로 인한 기적을 자주 체험하였는데, 행사 날짜를 잡아놓고 기도를 열심히 한 덕분인지, 비 올 것 같은 날씨임에도 우리 아이들이 가는 앞길은 거의 비를 막아주는 상황을 많이 경험하였고, 이로 인해 교사들도 기도의 힘을 믿는 신앙인으로 성장하는 듯하였으며, 하느님은 언제나 아이들 편이라는 생각과 아이들에 대한 하느님의 사랑을 굳게 믿게 되었다.

신앙인들이 하느님을 체험하는 방식은 다양하며, 각자에게 주어지는 것이 다르다. 주어지는 상황을 그냥 흘려보내는 경우가 많지만, 잠깐이나마 그 안에서 하느님의 존재를 발견하는 것은 매우 큰 축복이며 기쁨이고 살맛이 나게 만든다. 하느님을 체험하고 하느님을 느끼는 삶은 언제나 내가 보호와 사랑과 관심을 받고 있다는 생각이 들어 행복감을 증진시킨다.
유아교육에 종사하면서 아이들을 통해 살아계신 하느님을 많이 체험하였고, 아이들을 지도하고 이끄는 일이 하느님께서 나에게 주신 길소명이라는 생각을 늘 하고 살아왔으며, 이에 또한 감사드린다.

모국어와 외국어

어느 상담 전문가로부터 들은 얘기가 있다.
어떤 사람이 프랑스에서 근무하게 되어 아기도 함께 데리고 가 생활하였다. 유아기 때 흡수정신이 있어, 무엇이든 넣어주면 잘 받아들여 발달과 성장을 잘 할 수 있다는 의식을 가지고 있는 사람이 많은데, 그 아이 엄마 역시 아이에 대한 기대와 욕심으로 많은 것을 넣어주려 하였다.
특히 외국어 습득에 대한 기대가 많았고, 우리나라가 아닌 다른 나라에서 외국어 습득의 기회를 놓칠 수 없어, 아직 한국어도 제대로 알아듣지 못하고 구사하지 못하는 아이에게, 다섯 종류의 언어를 습득시키기 위해 5개국 언어를 돌아가며 들려주었다.

만 2세 정도가 되면 아이 언어로 약간의 대화를 할 수 있어야 하는데, 그 아이 입에서 나오는 언어는 우리가 전혀 알아듣지 못하는, 국적 불명의 언어처럼 표현되었다.
언어에 장애가 있음을 의식한 그 아이 엄마는 언어치료를 했으나 나아지는 것이 없었고, 한국에 들어와 심리치료사를 만나 상담을 하였는

데, 결과는 그 상태의 언어에서 벗어날 수 없이 평생 언어장애인으로
살아야 한다고 했다.

유아기의 능력을 인정하여 여러 가지 언어를 습득시키고자 했던 그 아
이 엄마의 계산 착오였다. 언어를 듣고 모방하여 흉내를 내면서 언어
습득을 하는데, 5개국 언어를 듣고 습득해야 하는 상황에서 5개국 언
어를 동시에 수용해야 했기에, 단 하나의 언어도 제대로 수용하지 못했
고, 5개국 언어가 뒤섞인 국적 불명의 언어처럼 구사할 수밖에 없었다.

　우리나라 학부모들도 적지 않게 오류를 범하는 것을 볼 수 있다.
영어를 습득시키고자 하는 욕심 때문에, 영아기 때부터 영어 영상물과
함께 생활하도록 한 아이들이 영어를 잘한다는 보장을 할 수 없다. 모
국어를 통한 정체성이 제대로 형성 안 된 상황에서 현실의 언어와 영
상물에서 사용하는 언어의 차이로 인해, 아이가 심리적으로 안정을 취
하지 못하여 이도 저도 아닌 상황이 연출 될 수 있기 때문이다.
아이들이 우선적으로 습득해야 하는 것이 모국어인데, 모국어란 자신
이 속한 집단의 언어로써 우리가 살아가는 환경에 있는 언어이다. 모
국어의 기본을 다소 습득한 후, 다른 나라 언어를 아이들에게 제시하
도록 권유하는데, 모국어 기초가 된 상황에서 다른 언어를 제시하여도
충분히 습득할 수 있으므로, 모국어 형성 전의 조기 외국어 제시는 신
중을 기해야 함을 경험으로 말할 수 있다.

　아이들이 성장하면서 언어가 집중적으로 발달하는 시기가 있다. 약
0.4~5.5세는 언어가 민감하게 발달하는 시기이므로, 이 시기에 부모
나 가족이 올바른 언어 환경을 제공해 주면 제대로 된 발달을 할 수 있

으나, 언어 습득 시기에 바람직한 언어적 환경을 제공해 주지 못하면 언어 발달 지체 현상이 오기도 하며, 주변 사람들과의 소통에서 오는 부족함으로, 아이들이 심리적 안정감을 얻지 못하는 경우도 있다.

우리 땅에서 살아야 할 아이라면, 한국의 정서가 깃든 모국어에 대한 개념부터 설정하는 것이 바람직하며, 이는 한국인으로서 정체성 형성과도 연결된다.

　영어교육에 대한 견해는 사람마다 의견이 분분하지만, 지나치게 어린 영아기 때부터 영어교육에 주력하는 것은 아이들에게도 많은 부담이 되므로, 부모들의 지나친 욕심으로 인해 아이들의 올바른 성장에 오히려 역효과가 나타날까 염려될 때가 있다.

몬테소리교육 프로그램의 교육원리

유치원 교사를 하던 중 몬테소리[4]교육 프로그램 연수가 있어 참여한 적이 있었다. 일본에서 온 강사가 진행을 하였으며, 유치원 교사와 원장들이 그 연수에 참여하고 있었는데, 마치고 나오면서 뭔가 마음이 내키지 않아 그냥 망각하고 말았다.

수녀원에 입회하여 다시 유치원에서 소임을 하게 되었는데, 내가 속한 수녀원에서 운영하는 모든 유아교육 기관은 몬테소리교육 프로그램을 하였다. 마지못해 선배들의 눈치를 보며 어쩔 수 없이 겨우겨우 따라갔는데, 어느 날 대학에서 몬테소리교육의 실제에 대한 강의 요청이 들어왔다.

별로 좋아하지도 않았고 수박 겉핥기식으로 공부했던 나에게 새로운 도전이었는데, 학생들을 가르치기 위해서는 내가 제대로 알아야 했으므로, 마음잡고 다시 공부를 시작하였다.

힐러리 여사, 오바마 대통령, 빌 게이츠, 제프 베조스, 세르게이 브린, 안네 프랑크 등 세계를 이끄는 사람들이 몬테소리교육을 받았다는 사

[4) 마리아 몬테소리: 이탈리아의 의사, 교육자로서 어린이 관찰을 통해, 감각적이고 과학적이며 체계적인 교구를 통한 교육 방법을 연구 개발하여 보급한 감각 교육의 선구자.

실이 나의 호기심을 불러일으켜 초심으로 임한 결과, 몬테소리교육 프로그램에 대해 새롭게 눈을 뜨게 되었다.

몬테소리교육 프로그램의 교육원리는,

첫째, 생명의 원리이다. 교육이란 지식을 가르치는 것이 아니라, 어린이가 생명을 지닌 존재로서 살아가는 법을 가르쳐 생명의 발전을 돕는 것이며, 어린이 마음이 성장하도록 도와주고, 어떤 상황에서도 헤쳐 나갈 수 있는 능력을 키워주는 것이다. 즉, 교육이란, 어린이의 생명을 관찰하고, 생명을 자극하며, 생명을 발전시키는 것이다.

둘째, 환경의 원리는, 어린이가 자신에게 필요한 것을 환경 속에서 선택한 후 적응하는데, 외부 환경과의 접촉 여부에 따라 내적 성숙이 달라진다. 어린이들의 올바른 성장을 위해서는 반드시 준비된 환경이 필요한데, 준비된 환경이란, 어린이의 생명 충동에 대응할 수 있고, 정신적, 지적, 감정생활을 할 수 있으며, 어린이가 사랑받는 환경을 말한다. 준비된 환경 속에서 아이들이 기쁜 생활을 할 수 있다.

셋째, 운동의 원리인데, 운동이란, 어린이가 성장하기 위해 자신의 몸을 움직이는 모든 것을 말한다. 인간의 성장은 운동의 기능을 강화시키는 것으로, 반복 운동을 통해 기능이 발달되며, 기능 발달은 정신의 발달을 가져오고, 정신의 발달은 사고력을 증진시킨다. 또한, 운동에 의해 자기 표현력이 향상되고, 자신을 의식하게 되며, 지성의 구조가 조직적으로 변한다.

넷째, 자유의 원리는, 어린이가 자기 내부에서 요구하는 내적 충동, 생명 충동에 따라 자유롭게 살아가는 것을 말하며, 환경 속에서 어린이 스스로 선택하여 획득한다. 여기서는 제한된 자유를 말하는데, 제한된 자유란, 스스로 선택하되 자신과 타인에게 해가 되지 않고, 외관으로 볼 때도 좋고 품위가 있어야 한다. 그러므로 참된 자유에는 반드시 제약이 따른다.

교육원리와 방법에 대해 연구하고 고민하며 학생들에게 강의를 하다 보니 몬테소리교육 프로그램에 매료되기 시작했고, 유아교육 현장에서 아이들이 만들어 낸 예화들을 통해 이해할 수 있도록 도움을 주니 학생들도 수업에 잘 스며들었다. 나 또한 더 깊이 몬테소리교육 프로그램에 관심을 가지고 초등학교 전 학년 과정 프로그램을 공부하여, AMS 국제 자격증도 취득하였다.

우리나라 가톨릭 재단에 소속된 유아교육 기관의 약 80% 이상이 몬테소리교육 프로그램을 도입하고 있으며, 일상생활 영역 활동을 통해 특히 기본생활습관 형성이 잘되어, 학부모들의 만족도가 상당히 높은 것으로 알고 있다.
획일적이고 주입식 교육에서 잘 벗어나지 못하고 있는 우리나라 교육 전반에 몬테소리교육 프로그램을 도입시키는 것이 불가능하지만, 아이들이 중심이 되고, 아이들 개인별 수준에 따라 개별지도가 가능하며, 아이들이 주체적으로 자신을 이끌어, 교구를 통한 자기 주도적 학습이 가능한 프로그램인데, 다른 나라와는 달리 우리나라에서는 유아교육 기관에만 이 프로그램이 행해지는 것이 많이 아쉽다고 생각한다.

끊임없는 관찰을 통해 아이들의 변화와 성장을 지켜보신 몬테소리 여사가, 82세로 돌아가시기 전까지 아이들과 함께하셨다는 얘기를 듣고, 내 생애 마지막 과정에서도 아이들 옆에서 함께하며 마무리하고 싶다는 생각을 해본다.

미군 부대 연계 활동

　○○○유치원에서 멀리 떨어지지 않은 곳에 미 해병대가 주둔하고 있었다.

다행히 군부대와 연계가 잘 되어 아이들이 다문화를 경험할 수 있는 좋은 환경이 마련되었는데, 1주일에 2~3명의 미군이 유치원 아이들에게 영어를 가르치는 목적으로 함께 생활하였다.

1년에 한 번씩 아이들이 미군 부대에 초대를 받아 친절하고 섬세한 대접을 받았고, 유치원 행사가 있을 때는 부대장과 참모들이 함께 배석하여 마치 국제적인 행사를 하는 것처럼 보였으며, 추수감사절에는 교사들도 군부대에 초대받아 함께 식사하였고, 때로는 부대장이 교사들에게 영어도 지도해 주었다.

아이들과 함께 영어마을을 한 후, 삼겹살에 김치까지 구워 대접하면 그야말로 원더풀을 외치며 흥겨운 시간이 되었는데, 미군들의 식사량은 우리와는 비교가 안 될 정도로 상당하였다.

어떤 때는 훈련을 위해 많은 수의 미군들이 군부대에 들어올 때가 있었는데, 그런 때는 약 40~50명의 미군들이 유치원에 와서 아이들과 함께 놀아 주며 봉사 활동을 하였다. 유치원 주변 환경을 깨끗하게 청소하고, 겨울눈에 부러진 소나무 둥치도 정리하였는데, 물먹은 무거운 소나무 둥치를 둘씩 거뜬히 메고 운반하였으며, 아이들을 한 번에 3명씩 안고 다니는 모습에서, 힘이 참 대단함을 볼 수 있었다. 40~50명의 미군들이 함께 모여 앉아 있는 상황을 지켜보며 그 에너지가 무시무시하게 느껴져, '이런 미군들을 상대하려면 굉장한 힘이 있어야겠구나!' 라는 생각도 하였다.

어느 날 새로운 미군이 영어 교사로 왔는데 흑인이었다. 아이들에게 미군 선생님을 소개하기 위해 교실마다 다니며 인사를 시키고 있는데, 어떤 교실에 들어서자 한 아이가, "와, 아프리카 새깜둥이다!" 하고 소리 질렀다.
너무나 민망하고 결례를 한 것 같아 안절부절못하며 아이에게 눈치를 주었지만, 그 아이는 나의 눈치에 아랑곳하지 않았다.
그래서 얼른 소개하고 교실에서 나오며,
'혹시 그 소리를 알아들었을까? 아니야 알아들었을 리가 없지?' 하며 속으로 애를 태웠는데, 다행히 미군 선생님의 표정에서 별다른 것을 읽을 수가 없어 안도의 숨을 내쉬었다.

미군들과 함께 생활한 아이들이 영어를 얼마나 잘하게 되었는지 알 수 없지만, 다른 문화 환경의 사람들을 만나도 어려워하거나 거리감 두지 않고, 친숙하게 함께 활동하는 부분에서는 크게 변화된 것 같았다.
서울로 졸업여행을 가서 외국인을 만나면, "안녕하세요, 어디서 오셨어요?", "나이가 몇 살이에요?"Hi! Where are you from? How old are you? 등 아이들이 영어로 말을 건네는데, 상대가 미국인이든, 중국인이든 아랑곳하지 않고 영어 몇 마디로 대화하는 걸 보며, 옆에 있던 내가 부끄럽고 민망해 어쩔 줄 몰라 한 적도 있었다. 그러나 미군이든, 거리에서 만난 외국인이든 하나같이 아이들에게 친절하게 답해 주고 미소지어 주는 모습이 감동적이고 인상적이었다.

서울타워에서 아이들과 함께 기념촬영을 위해 자리를 잡고 있는데, 갑자기 많은 수의 외국인들이 모여들어 우리를 향해 카메라 셔터를 터뜨리며, 마치 취재 경쟁하는 듯한 분위기를 연출하여 매우 당황한 적도 있었지만, 아이들은 외국인들의 그런 행동에 대해서도 아랑곳하지 않았다.

우리나라 안에서 미군에 대한 문제로 시끄러웠던 때도 있었지만, 유치원 안에서 이루어지는 미국인과의 교감은 항상 재미있었고 서로에 대한 존중으로 평화로웠다. 아주 작은 부분이었지만 한국의 모습과 한국 교육 현장에서 아이들과 함께한 활동을 통해, 미국인과의 문화적 교류가 서로에게 많은 인상을 남겨주었으리라 생각하며, 우리 아이들이 문화 사절단이 될 수 있었음에 자부심을 갖기도 했다.

아마도 그때의 경험을 토대로 우리 아이들이 성장하는 과정에서도, 다른 나라 사람들에 대한 거부감보다는, 다른 문화를 이해하고 수용하려는 긍정적 자세로 살아가고 있으리라 추측해 본다.

민감기 敏感期, Sensitive Period 의 아이들

아이들을 관찰하다 보면 한 가지 일에 집착한 듯, 끊임없이 반복해서 활동하는 것을 볼 수 있는데 바로 민감기의 아이들이다.

여름방학이 끝나고 개학하여 아이들을 맞이했는데, 어떤 어머니가 자기 아이에 대한 이야기를 들려주었다. 여름방학 동안 아이가 동화책을 열심히 보더니 갑자기 한글을 다 터득했다고 하였다. 제대로 가르쳐주지도 않고 그냥 동화책만 열심히 볼 수 있도록 유도했는데, 굉장히 몰입하여 책을 보더니, 어느 날 갑자기 아이가 한글을 스스로 다 깨쳤다며 놀라움을 표현하였다.

"아! ○○가 언어의 민감기라서 그랬군요."라는 소리에 그 어머니 눈이 더 동그래졌다.

모든 생물은 어린 시기에, 그 생물의 고유한 능력을 습득하기 위해, 어떤 특정한 부분에 대해, 특별히 예민한 감수성이, 일정 기간 나타나는데, 이 시기를 민감기라 한다. 주로 0~6세 사이에 나타나며, 어떤 특정한 면에서 두드러지게 나타나는 연속적인 특성이다.

민감기는 문화, 사회, 경제 수준에 관계없이 모든 유아들에게 일시적으로 나타나며, 유아들이 어떤 일정한 행동을 반복하는데 강한 흥미를 가진다. 이러한 반복적 행동을 통해 새로운 기능이 폭발적인 힘을 가지고 나타나는데, 바로 그때 어떤 특성을 획득한다.

민감기는 유아가 어떤 특별한 특성을 획득한 후에는 스스로 소멸되는 일시적인 기질이며, 민감기에 일정한 기능과 특성이 완전히 획득되지 않아도 그 시기가 지나면 소멸되어, 기회가 영원히 지나가 버린다.

민감기는 처음에는 서서히 나타나 급상승하며 절정에 달했다가 하강해서 곧 소멸되는 과정을 거치는데, 민감기의 아이는 지칠 줄 모르고 힘이 넘치며, 많은 것을 평화롭고 기쁘게 받아들인다.

0~6세는 질서, 감각, 촉각, 맛, 냄새, 언어, 쓰기, 읽기, 운동, 근육발달, 수, 사회화 등에 대한 민감기이므로, 아이들이 이런 기능을 잘 습득할 수 있도록 적당한 환경을 준비해 주어야 한다.

온갖 물건을 두드리며 돌아다니는 아이는 청각에 대한 민감기일 수 있고, 손에 닿기만 하면 입에 넣으려는 아이는 미각에 대한 민감기, 이건 뭐지? 저건 무슨 글자야? 하며 귀찮을 정도로 질문하고 다니는 아이는, 질문하는 그 분야에 대한 민감기이다. 높은 데서 뛰어내리려는 아이, 늘 반복하며 뒤집기에 심혈을 기울이는 아이는 운동에 대한 민감기라 할 수 있는데, 질서의 민감기 때, 어른들이 질서의 모범을 보여주지 못하면 그 아이는 질서를 습득할 수 있는 민감기를 놓칠 수 있다.

늑대 소년을 인간 세상에 데려와 언어를 가르치기 위해 언어학자들이 온갖 정성을 다 쏟았으나 결국 인간의 언어를 습득하지 못한 것은, 언어의 민감기일 때 인간의 언어를 습득하지 못하고 동물의 울음소리를 습득했기에, 민감기가 지난 다음 아무리 노력해도 인간의 언어 습득이 불가능하였다.

　민감기는 유아들이 어떤 특정한 능력을 배울 수 있는 최적의 시기이
므로, 어른들이 그 시기와 민감기의 종류를 아는 것이 매우 중요하다.
어른들은 유아가 어떤 특성에 대해 민감한 행동이 나타나는지 잘 관찰
하여, 그 시기를 효과적으로 보낼 수 있도록 도와주어야 한다.
이 시기는 유아의 내적 준비와 동기가 결합하여 환경에 대해 민감하게
몰두하는 시기이므로, 준비된 환경을 제공해 줌으로써 유아들이 자유
롭게 집중하여 내적 평안을 이룰 수 있도록 하며, 유아가 표현하는 것
에 대해 배려 깊은 칭찬을 해주어야 기능을 잘 습득할 수 있다.

민족문화 활동

　한 달에 한 번 한복을 입고 유치원 오는 날은, 아이들과 교사들 및 학부모들도 모두 마음이 들떠있다. 자랑스레 한복을 입고 한껏 뽐내며 유치원에 들어오는 아이들의 표정에서부터, 이미 즐거움과 자랑스러움과 뽐내고 싶은 마음을 읽을 수 있다.

그리고 하나같이 곱고 예쁘다. 모두가 궁중에서 온 왕자와 공주의 모습이랄까?

우리 한복은 아름답고 우아하며, 곡선미가 기품이 넘치고, 색깔도 은은하니 묘한 매력을 준다. 한복을 입은 날은 아이들의 행동거지도 다른 날과 좀 다른데, 좀 더 의젓하고 품위 있게 걷고자 하며, 계단을 오르내릴 때도 여자아이들은 한복의 앞 치마폭을 살짝 들어 속치마를 아련하게 내비치며 요조숙녀처럼 행동한다.

오후가 되면 옷고름이 다 풀어 헤쳐져 아침과는 영 다른 모습으로 변하긴 하지만.

　한복을 입고 오는 날은 주로 우리 민족문화와 관련된 활동을 하는데, 한복 입고 절하는 법, 걷는 법, 앉을 때의 자세, 옷매무새 관리하기, 다도, 사방치기, 줄다리기, 널뛰기, 제기차기, 강강술래, 콩 주머니 치기, 무궁화꽃이 피었습니다, 투호 던지기, 비석치기, 사물놀이 등 한복에 관한 여러 가지 법도를 익히고 민속놀이를 하며, 하루를 우리 문화 속에서 더불어 즐겁게 지낸다.

아이들은 한복 입는 것을 이렇게 좋아하는데, 어른이 되면 왜 다들 힘들어하며 한복을 멀리할까?
키워주신 부모님께 감사드리는 마음으로 졸업반 아이들이 차를 만들어 대접하는 졸업차회를 하였는데, 졸업차회를 할 때 학부모들도 아이들처럼 한복을 입도록 권유하면 벌써 얼굴색부터 달라졌다. 그래도 마지못해 행사 당일 한복을 입은 부부들이 나타나기는 하지만, 마음으로부터 부담을 느끼는 것은 확실하였다. 많은 어머니들이 결혼식 때 입어보고, 유치원 졸업차회 때 비로소 입는다고 이야기하였는데, 한복을 즐겨 입지 못하는 이유가 불편하고 거추장스럽기 때문이라고 이구동성으로 말하였다.
이렇게 아름답고 기품 있는 우리 한복이 정작 우리나라 사람들에게 외면받는 것이 아쉬웠다. 그래서 아이들에게 한복에 대한 불편함을 감수하더라도, 우리의 옷이니까 즐겨 입고 사랑하고 보존해야 한다는 의식을 심어주기 위해 한복 입는 날까지 만들어 활동하였다.

또한, 현시대 아이들의 놀이 문화가 기계로 제작된 것들 중심이기 때문에, 놀이가 순간적으로 재미있고 즐거움을 줄 수 있지만 정서적 폐해도 있기에, 우리 민속놀이를 아이들과 함께하였다. 우리 전통놀이는 과학적이고 합리적으로 구성되어, 심리적, 인지적, 정서적, 신체적으로 아이들 성장에 유익하므로, 유치원에서 민속놀이 문화를 습득하며 즐길 수 있는 시간을 마련하였는데, 유치원에서 사물놀이 할 때 북을 담당했던 아이는 북에 대한 매력에 빠져 초등학교 가서도 계속 사물놀이를 한다고 전해 들었다.

지구 공동체가 하나가 되다 보니, 각 나라의 고유한 특성과 문화들이 이미 세계화되어, 어느 나라 것인지 정체성 찾기가 애매한 부분도 생활 가운데 나타난다.
격조 높고 섬세하며 아름다운 기품을 자랑하는 우리의 문화가 독특성을 잃지 않고, 세계 어디에 내어놔도 차별화되는 가치를 발휘해야 할 것이다. 고유성을 간직한 채, 우리의 것을 잘 활용하기 위해 먼저 우리의 것을 잘 알아야 하는데 그 안에 들어 있는 정신, 가치 등을 잘 파악하고 표현하여 우리 고유의 전통적인 멋스러움을 드러낼 때, 우리 문화가 세계적으로 꽃을 피울 수 있으리라 확신하며, 이미 K문화가 세계적으로 주목받고 있음이 한없이 자랑스럽다.

한복을 입는 기쁨과 민속놀이를 즐겁게 한 경험을 토대로, 우리 아이들도 성장하면서 우리 문화에 대한 관심을 가지고, 우리 전통문화를 수용하고 사랑하며, 우리 문화를 잘 활용하고 멋지게 응용할 기회를 만들어가기를 희망한다.

백색 거짓말

　나는 유치원 교사를 하면서 많은 거짓말을 하였다.
"우리 친구들이 집에서 어떻게 지내는지, 부모님 말씀 잘 듣는지, 동생
잘 데리고 노는지, 밥을 잘 먹는지, 수녀님은 다 지켜보고 있단다."
아이들 눈이 동그래져서,
"어디서 봐요?"
"수녀님 집이 엄청 높은데, 집 꼭대기에 올라가서 망원경으로 너희들
집을 다 보고 있거든?"
아이들 얼굴에 긴장하는 빛이 감돌았다.
그러다가 한 아이의 이름을 불러,
"어제 ○○가 동생이랑 싸우는 것 수녀님이 다 봤어!"
그 아이는 깜짝 놀라며, 들켰다는 심정이 표정에 그대로 드러났다.
또 다른 아이 이름을 부르며,
"○○가 집에서 어머니 심부름 하는 것 수녀님이 봤단다. 참 잘했어!"
그 아이는 겸연쩍어하며 얼굴에 미소를 떠올렸다.

　내가 아이들을 지적하여 얘기하면, 거의 99.9%가 다 들어맞았다.

물론 내가 직접 본 것은 결코 아니다. 나에게는 망원경이 없고, 수녀원이 다 높은 꼭대기에 있는 것도 아니므로, 결코 아이들 집안에서의 동정을 살필 수 없지만, 아이들이 놀랄 정도로 잘 알아맞혔다.

때로는 급하게 먹느라 수박씨를 삼켰다고 알려주는 아이에게 천천히 먹도록 유도하는 의미에서, "야, 이제 큰일 났다. 수박씨가 네 배 속에서 자라 네 머리 위로 수박이 주렁주렁 달리겠네!" 농담이기도 했지만, 공포 분위기를 조성하기도 했다.

이런 여러 가지 종류의 거짓말을 했어도 이 거짓말로 성당에서 고해성사는 거의 보지 않았다. 이것이 교육의 한 방법이라 생각했기 때문이다. 이런 상황을 통해 아이들의 생활 태도가 많이 변화되고, 잘해야겠다는 다짐을 하기에, 나는 으레 이런 방법으로 아이들을 지도하였다.

어느 날 수녀님들이 모여 연수를 하였는데, 자신이 한 백색 거짓말에 대해 토론하는 시간이 있었다. 나는 유치원 교사로서 아이들에게 여러 가지 교육적인 차원에서 행한 이러한 내용의 백색 거짓말 경험담을 이야기하였는데, 갑자기 수녀님들의 반응이 싸~ 해졌다.

"어떻게 아이들에게 그런 거짓말을 하냐고!" 그러면서 나에게 대들 듯이 문책하였다.

"교육적 차원에서 아이들에게 이런 방법을 이용한다."라고 이야기했지만, 수녀님들의 인상이 별로 납득하는 분위기가 아니었다.

마음속으로, '수녀님들이 교실 상황과 아이들 상황을 몰라서 하는 소리'라고, '이 방법이 아이들에게 얼마나 효과가 있는지 모르는 소리'라는 생각을 하며, 나의 교육 방법을 부정적으로 받아들이고 싶지 않았다.

물론, 그 토론 이후에도 나는 여전히 이 방법을 사용하여 아이들을 지도해 왔으며, 수녀님들이 나에 대해 어떻게 기억할지 모르겠지만, 아이들에 대한 교육의 효과가 긍정적인 것만은 확실하다.

　아이들을 지도할 때는 칭찬하는 방법 외에도 으르기, 달래기, 다그치기, 엄포 등의 여러 방법을 사용한다. 사람들은 칭찬하는 것만이 좋고 효과가 높을 것이라 생각하는데, 교육 현장에서는 사실 그렇지 않다. 오히려 칭찬이 독이 될 수도 있고, 야단이 약이 될 때도 있다.
아이들에게는 개개인의 상황과 수준에 따른 교육의 방법이 다양하다.
아이들에게 똑같은 잣대와 방법을 적용한다면 교육의 효과는 기대만큼 이루어질 수 없으며, 상황이나 대상에 따라 대처하는 방법이 달라야 그 효과가 있다. 상황과 대상에 따른 방법을 순간순간 잘 적용하여 지도하는 것이 지혜롭고 현명한 교사의 노하우가 아닐까 생각한다.

🦋 붕어빵이라서 좋아요

　학부모들과 면담할 때 많은 학부모들의 요청이 있었다. 아이가 소극적이고 내성적이어서 발표력이 부족하기 때문에, 발표력 향상시키는데 도움을 주었으면 하는 내용이다.

누구나 다른 사람들 앞에서 당당하고 자신감 있게, 자신의 소신과 철학이 깃든 의견을 잘 표현하기를 원하지만 다 그렇게 될 수는 없다. 사람마다 타고난 특성과 성향, 기질이 다르기 때문이다. 내성적이고 소극적인 사람은 다른 사람들 앞에 나서는 것을 선호하지 않는 경우가 많은데, 모든 학부모들은 다 자기 아이가 적극적으로 자기표현을 잘하는 아이로 성장할 것을 기대한다.

　학부모와 상담을 하고 뒤돌아가는 모습을 보면, 아이가 그 학부모와 많이 닮아있음을 느낄 수 있다. 발표력 향상에 대한 부탁을 하고 뒤돌아가는 학부모들 중 소극적이고 내성적인 성향을 지니고 있음을 발견할 수 있기에, 부모로부터 유전적인 현상이 있음을 부인할 수 없다. 심지어 아이와 손잡고 걸어가는 가족의 뒷모습을 지켜보노라면 팔을 흔드는 모습, 어깨가 처진 모습, 뒤뚱거리며 걷는 모습 등이 많이 닮아

미소를 띨 경우도 있다. 그래서 붕어빵, 국화빵이라는 소리가 있긴 한데, 겉으로 보이는 모습뿐만 아니라 성격, 성향, 기질 등도 붕어빵을 피해갈 수는 없는 듯하다.

어떤 학부모는 자신이 싫어하는 자기의 모습을 아이에게서 발견했을 때 절망감을 느꼈다는 표현을 한 적이 있었는데, 이는 아이 어머니가 자신에 대한 실망감을 아이를 통해 느껴 표현한 것이라 할 수 있다. 사람은 자신의 존재 중 일부를 거부하고 싶을 때도 있으며, 하물며 자신이 수용하지 못하는 모습을 아이에게서 발견할 때는 마음이 편치 않음이 당연할 수도 있다. 반대로 아이가 자신의 모습을 더 많이 닮은 것을 좋아하는 부모들도 있다.

붕어빵을 느낄 때의 신비는 경이로움 그 자체이다. 어쩌면 그리도 엄마 아빠의 부분을 닮았는지 바라만 봐도 신기하기 이를 데 없다.

아이가 적극적이고 열성적인 모습으로 변하기를 원하면 학부모들도 그렇게 변화하도록 노력해야 하므로, 적극적인 참여 자세를 가질 것을 당부하면 곧잘 동의하곤 했다.

물론, 내성적이고 소극적인 아이가 열성적이고 적극적인 아이보다 부족하다는 의미는 결코 아니며, 아이의 발표 태도에 대한 부분만으로 아이 전체를 평가하는 것도 아니다. 내성적이고 소극적이어서 발표력이 적은 아이의 특성은, 상당히 꼼꼼하고 침착하며 자신의 일을 덤벙대지 않고 처리해 나가는 한 마디로 속이 찬 아이가 많음을 경험으로 봐 왔다.

인간 사회를 형성하는 데 있어 모두가 적극적이고 활동적이며 발표 잘하는 사람들만 있고, 내성적이고 소극적이지만 꼼꼼하고 정확하게 이들을 받쳐줄 사람들이 없다면 제대로 된 사회 공동체를 형성할 수 없다. 다양한 형태의 사람들이 공동체의 구성원이 될 때, 공동체가 더 풍요롭고, 어떤 일이든 헤쳐 나갈 수 있으며 그 안에서 새로운 창조가 이루어진다.

　원래 태어날 때부터 가지고 있던 성향은 잘 변하지 않는다고 한다. 교육 환경과 자신의 노력에 의해 다소 보완되고 완화될 가능성은 있지만, 원래 타고난 성향은 그대로 지니고 살아간다. 그러므로 나에게 없는 부분을 아쉬워하며 찾지 말고, 나에게 주어진 성향을 잘 발견하여, 발견한 것을 긍정적으로 활용해 나가면, 훨씬 더 자기답게 살아가는 것이라 생각한다. 자신만의 특성을 잘 표현할 때 그 사람의 가치는 더 빛이 나며, 인간 공동체를 조화롭게 형성하는데 이바지 할 수 있다.

사랑 나눔 바자회

○○○유치원에서는 매년 5월이 되면 정기적으로 바자회를 개최하였다.

학부모들의 주도하에 여러 가지 물건과 음식, 재활용품 등을 준비하여, 온 가족과 졸업생 및 동네 사람들이 함께 바자회를 즐기려 참여하였다. 모처럼 졸업생들과 학부모들을 만나는 재미도 쏠쏠하거니와 지역 유지들과 미군 부대 부대장 및 참모들도 함께 참여하여 마치 동네 잔치처럼 즐겁게 지냈다.

개장 시간 전부터 줄을 설 정도로 몰려와, 개막 테이프를 자름과 동시에 뛰다시피 하며 자신이 원하는 물건을 고르느라 경쟁이 치열하였다. 각 영역에서 마지막 남은 물건까지 알뜰하게 판매하여 최대한의 수익을 올리고자 노력하는, 학부모들과 교사들의 열의와 정성이 흥미를 돋우었고, 특별 코너에는 아이들과 함께하는 재미있는 작업 시간도 마련되어, 모두가 신나게 먹고 즐기며 하루를 보냈다.

마지막 뒷정리까지 학부모들이 함께하며 남은 음식쓰레기도 학부모들이 다 정리해 주는, 그야말로 시작과 끝맺음까지 한 공동체로서 마음을 나누는 연중행사였다.

수익금으로 동네 어르신들을 모셔서 효 잔치를 하였는데, 매년 개최하는 효 잔치라 이미 그 지역에 소문이 나 있었으며, 어르신들이 효 잔치를 손꼽아 기다리셨다. 효 잔치 또한 학부모들이 직접 음악, 앰프 설치, 색소폰 연주, 음식 등을 준비하여 행사를 진행하였고, 지역 유지들도 함께하며, 아이들의 귀여운 공연과 지역의 공연 단체, 무용 단체, 국악 단체들도 참여하여 어르신들을 즐겁게 해드렸다. 함께 춤추고, 손뼉 치고, 노래하고, 음식 드시면서, 여러 가지 시름을 잊고 즐겁게 지내다가, 선물까지 받아 가시는 어르신들의 뒷모습을 통해 또 내년을 기약하는 가벼운 발걸음을 느낄 수 있었다.

또한, 인근 고등학교에서 우리 유치원 출신 중 우수한 학생을 선발하여 장학금을 주었는데, 유치원 졸업 후 10년 이상 된 졸업생들이 단정한 교복 차림으로 유치원에 찾아와 후배들을 만나는 상황이, 재원생들과 졸업생들에게 신선하고도 재미있는 장면이었다.

우리가 직접 수고하고 노력한 대가로, 다른 사람들에게 베푸는 일을 하는 것은 참으로 의미 있고 보람이 있다. 학부모들이 바자회, 효 잔치 등을 준비하는 과정에서 여러 가지 어려움을 경험하면서도 굳이 매년 이런 일을 진행할 수 있었던 것은, 수고의 대가로 인해 남에게 기쁨을 준 경험이, 또다시 본인들에게 더 큰 기쁨과 보람으로 되돌아오는 것을 체험하였기 때문이다.

베푸는 기쁨을 느껴본 사람은 계속 베풀 기회를 찾는다. 나의 시간과 노력을 타인을 위해 제공하면, 내게 되돌아오는 기쁨은 내가 제공한 것보다 훨씬 더 크다는 것을 경험한 사람은 알 수 있다. 나의 것만을 감싸고 있는 사람보다, 나의 것을 내어놓을 줄 아는 사람의 주변이 훨씬 더 풍요롭고 따뜻함이 머물며, 함께 사는 세상 공동체의 기쁨을 느끼게 한다.

바자회 및 효 잔치 준비와 정리하는 과정이 힘들긴 했지만, 다른 사람을 위해 선한 일을 했다는 뿌듯함과 보람, 기쁨을 우리 학부모들과 교사들이 다 느꼈으리라 생각하며, 이 기억을 통해 다른 사람들을 위해 노력했던 경험이, 살아가는 데 힘이 되고 있으리라 확신한다.

🦋 사람을 소중히

가치관이란, 인간이 삶이나 어떤 대상에 대해서 무엇이 좋고, 옳고, 바람직한지를 판단하는 관점으로 내가 세상을 어떻게 바라볼 것인가, 즉 세상과 나 사이의 접점을 찾는 것이다.[5]

사람은 태어나서부터 성장해 가는 동안 의식적, 무의식적으로 많은 환경과 접하며 살아간다. 부모, 가족, 나라, 사회 관습, 자연 현상 등 아이가 속해 있는 여러 환경을 통해 사고가 자라 자신 안에서 정립이 되는데, 이것이 곧 개인 삶의 가치관으로 형성된다. 즉 가치관 형성에는 환경이 매우 중요한 영향을 미친다고 할 수 있다.

나는 '사람다운 사람이 되자'라는 삶의 가치관을 정립하며 살아왔는데, 사람다운 사람이라는 말이 나에게도 개념이 확실히 정립되진 않았지만, 사람을 사람답게 대우하고, 사람으로서 해야 할 도리를 바르게 하며, 무엇보다 사람을 소중히 여겨야 한다는 생각이 나에게 습득되어 있었다.

수녀원에 입회하여 예수님 삶의 자취에 대해 묵상하던 중이었다. 예수

---

5) 한국민족문화대백과사전. 한국학 중앙연구원. encykorea.aks.ac.kr

님의 행적을 더듬어 가며 관상하던 순간, 예수님이 사람을 가장 소중히 여기셨다는 것을 깨달으면서, 바로 나의 가치관과 일치한다는 생각을 하였다.

성장하면서 예수님의 삶을 통해 나의 가치관이 정립되었다는 사실이 놀랍게 다가왔으며, 나의 삶에 예수님의 영향을 나도 모르게 받았다는 사실에 감동을 받아, 묵상 중 얼마나 감격의 눈물을 흘렸던지….

이렇듯 개인의 가치관은 성장 과정의 환경에서 정립되는 것을 내 경험으로도 말할 수 있다. 어렸을 때부터 성당에 착실히 나가며, 강론 때나 교리 시간에 들었던 것들이 나의 피가 되고 살이 되어 나의 가치관으로 형성되었다는 확신이 들면서, 어렸을 때부터 아이를 둘러싼 환경의 중요성에 대해 다시 인식하였다.

어느 때부터인가 철학, 윤리 과목의 비중이 낮아져, 사람이 어떤 존재인지, 인간이 어떤 삶을 향해 나아가야 하는지, 자신의 인생 목표를 어떻게 설정할 것이지, 인간과의 상호 관계를 어떻게 구축해 나가야 하는지에 대해 생각하고 고민할 기회가 많이 주어지지 않았다. 윤리, 도덕적으로 가치관을 정립하는 기준을 미처 깨닫지 못한 채 성장하였으므로, 자신과 타인을 수용하는 능력 또한 떨어져, 물질이 최고의 가치를 자리하는 사회현상이 나타난 것이 아닐까 하고 생각해 본다.

비록 어린 유아들이지만 아이들 지도할 때, 사람과의 관계를 어떻게 맺어가야 하는지, 지구촌 사람들이 다 형제, 자매, 가족이므로 서로 함께 어우러져 살아가야 한다는 의식을 심어주려 노력하였다. 내가 더 많이 가졌으면 나보다 덜 가진 사람에게 나누어 줄 줄 알아야 하고, 아프고 힘든 사람이 있으면 도와주어야 하며, 언제나 나보다 더 부족한 사람들에게 힘과 도움이 되는 일을 해야 함을 일깨워 주었다. 즉, 사람이 무엇보다 소중하다는 것을 늘 강조하였다.

시간이 지날수록 아이들에게서 나오는 반응을 통해 학습의 효과를 느낄 수 있었지만, 과연 초등학교에 가고 성인이 되어서까지 지구촌 사람들의 소중함을 느끼며, 함께 나눔의 삶을 살아야 한다는 의식이 남아 있으려나?

유치원을 졸업하고 초등학교에 진학한 아이가 어머니와 함께 찾아와, 그간 자신이 모은 저금으로 어려운 사람을 돕고 싶다는 의사를 표현하였다. 유치원에서 열심히 학습시킨 효과를 느끼며 아이의 대견함에 기쁨과 보람을 느꼈고, 그 졸업생의 후원금은 탈북민 지원단체로 보냈으며, 감사 인사 또한 그 졸업생에게 전해 주었다. 물론 졸업생 학부모 중에도 나를 통하여 어려운 곳을 도와주는 분이 계시는데, 학부모 교육 때 부(富)의 분배에 대해, 어려운 이웃에 대한 나눔을 강조한 덕분이라 자화자찬한다.

사람을 사람답게 대하고, 사람을 사랑하고 존중하는 가치관을 형성하며 성장한다면, 그래서 소중한 사람들과 인간적, 인격적으로 함께한다면, 가난하고 소외된 사람들이 한 가족 공동체라는 의식을 가지고 힘을 내어 살아갈 수 있으리라 생각한다.

언제나 내 옆에는 다른 사람이 있고, 그 사람이 나보다 더 힘들고 어려운 사람일 수 있다는 시각으로 마주한다면 기꺼이 도움의 손길을 펼칠 수 있을 것이며, 사람을 소중히 여기는, 사람의 도리를 다하는, 정말 사람이 사람답게 사는 멋진 사람이라 할 수 있다.

상자 제조 공장

　아이들이 심리적, 생리적 조화를 가진 인간으로 성장하기 위해 서는 아이들 발달 단계에 맞는 환경을 정비해야 하는데, 유아교육 기관에서는 교구가 중요한 몫을 차지한다.

교구는 인격 형성에 도움을 주므로 아이들의 욕구에 맞는 교구를 준비 해야 하며, 아이들이 감각이 예민할 때이므로 교구를 통해 자꾸 자극 을 줘야 한다. 아이들이 교구를 잘 사용함으로써 판단력과 선택력 및 자기 인식을 할 수 있는 지성이 쌓이고 자유와 사회성이 생기며, 안정 된 정서를 가지게 되고 생활 기술을 익히며, 인간답게 완성되어 간다.

또한, 아이들의 미적 감각발달을 위해 교구가 아름답고 매력적이어야 하므로, 교구를 아름답고 세련되게 세팅하는 데 있어, 교사들이 직접 교구를 제작하여 사용하는 경우가 많았다.

　교구를 세팅할 때 교구 담을 상자를 준비하는데, 시중에서 구입하는 상자는 우리가 원하는 크기와 모양이 맞지 않아, 교사들이 적당한 크 기의 상자를 직접 제작해서 사용하였다.

우선 0.3mm 우드락을 필요한 크기와 모양으로 잘라 상자를 조립한 후, 한지를 재단하여 상자 안팎으로 바르는데, 한지 중에서도 주로 운용지를 사용하며, 첫 번째 한지는 주로 흰색을 바르고, 두 번째 한지부터는 만들고자 하는 상자의 색으로 2번 더 발라, 총 3번의 한지를 우드락상자 위에 발라주었다. 그 정도 해야 튼튼하고 제대로의 색이 연출되기 때문이다.

한지를 입힌 위에, 한지와 같은 색 계열의 예쁜 포장지를 잘라 디자인하여 바르면 상자가 제 모양을 갖추게 되며, 그다음에는, 목공 본드에 물을 섞어 붓으로 상자 안팎을 칠한다. 한번 칠하고 마른 후, 또 칠하기를 3회 정도 해야 튼튼하고 윤기가 반들반들 나는 상자가 완성되는데, 이러한 과정을 거쳐 상자뿐만 아니라 책받침, 필통 등 아이들을 위해 수없이 많은 교재 교구를 제작하였다.

어느 여름방학 더운 날, 교사들이 모두 시원한 복도에 앉아 상자 만드느라 경황이 없었는데, 학급수가 많으니 상자 만드는 양도 상당하여, 그야말로 상자 제조 공장에서 일하는 장면이 연출되었다. 교사들은 상자 만드는 일에 지쳐, 유치원 그만두면 두 번 다시 상자를 쳐다보지 않겠다며 고개를 절레절레 흔들었다.

교사들의 수고 덕분에, 세상 어디에도 없는 우리 유치원만의 특별한 교구가 제작되어, 아이들의 학습 활동에 많은 도움을 주었고, 교사들의 정성과 손때 묻은 교재 교구로 활동한 아이들이 무한한 성장 발달을 하였으리라 의심치 않는다.

몬테소리교육 프로그램의 본고장인 이탈리아의 유아교육 현장에 갔을 때, 우리보다 더 발달한 나라였기에 손수 제작한 교재 교구가 없을 것이라는 생각으로 교실에 들어갔는데, 역시 그곳에도 교사들이 직접 만든 상자 등이 교실에 즐비하게 세팅되어 있는 것을 보고, 속으로 놀랐던 기억이 있다.

아이들을 교육하는 데 있어, 교사의 정성이 담긴 교재 교구들이 아이들의 호기심과 관심을 더 많이 자극하므로, 아이들에 대한 열정이 있는 교사들은 마다하지 않고 어렵고 힘든 일을 선택하며, 아이들을 위해 애쓰는 것을 느낄 수 있었다.

　교사들이 입으로는 힘든 표현을 했지만, 아이들을 위하고 사랑하는 교육자로서 열의와 정성이 있었기에, 최선을 다해 노력했던 아름다운 모습들이 눈에 선하다.

결혼한 교사들과의 만남이 있었을 때, 자기 아이들 방학 과제로 상자를 만들어 학교에 제출했다는 얘기를 듣고는, "보기도 싫어했던 상자를 아이 방학 과제로 만들어 제출하다니, 역시 배운 게 도둑질이라 어쩔 수 없구나!" 하며 모두가 박장대소하였다.

🦋 암기 교육의 효과

    암기 교육은 유다인의 학습 방법 중 하나이다.
유다인은 철저하게 반복하며 암기를 하는데, 『구약성경』 모세오경의
600페이지 분량의 내용을 다 암기한다고 한다. 암기는 모든 학습의
기본이며, 암기력을 좋게 하는 것을 넘어 사고력을 기르는 데 목적이
있다. 즉 지식을 암기하여 자신의 기억 창고에 저장하고, 저장된 지식
을 활용하여 사고의 힘을 키워 나갈 수 있다.

    시험공부 할 때 벼락치기 공부를 많이 하였는데, 시험 치기 전 며칠
은 앞으나 서나, 심지어 화장실에 앉아 공부할 때가 가장 암기가 잘 되
었기에, 옛날 재래식 화장실에 앉아서도 공부했던 기억이 난다. 급하
게 발등에 불이 떨어져서야 열심히 공부해서 시험을 쳤다는 이야기이
다. 또한, 시험을 치고 난 다음에는 머리를 한번 쏵 흔들어 다 털어버
려야 그다음 과목을 머리에 집어넣을 수 있다고 이야기하였는데, 급히
공부한 것은 시험 후 다 잊힌다는 이야기이리라!
    나의 암기 교육은, 중요한 첫 글자를 따서 글자에 스토리를 꾸미고,
그 스토리를 생각하면서 단어를 떠올리게 하는 방법을 사용하였는데,

시험지를 받는 즉시, 내가 외웠던 스토리의 첫 글자를 시험지 위에 급히 적어놓고 시험문제를 풀어나갔다.

스토리를 생각하면, 암기한 것이 오랫동안 기억이 나곤 했었는데, 지금은 거의 기억에서 사라져 버리고 없다. 아직 머리에 남아 있는 기억은 중학교 미술 시간에 외웠던 먼셀의 20 색상환의 색상에 따른 채도와 명도에 대한 것인데,

빨, 다, 주, 귤, 노, 노… 20가지 색상 빨강, 다홍, 주황, 귤색, 노랑, 노랑연두…

14, 10, 12, 10, 14, 8… 20가지 색상에 대한 채도가 순서대로 나열된 것

4, 6, 6, 7, 9, 7… 20가지 색상에 대한 명도가 순서대로 나열된 것

그래서 빨강의 채도는 14이고, 명도는 4!

먼셀의 20가지 색상과 채도와 명도는 그때 암기한 것이 아직도 머리에 남아 있다.

시대적 문화 사조에 대한 것도 외운 적이 있었는데,

고, 낭, 자, 사, 인

풀이하자면, 고전주의, 낭만주의, 자연주의, 사실주의, 인상주의 순으로 문화사조가 변화된 것으로, 고전주의 음악가는 바흐, 헨델, 하이든, 모차르트, 베토벤 순이고

인, 마, 모, 드, 르,

즉, 인상주의 화가는 마네, 모네, 드가, 르누아르이다.

이런 식으로 암기한 것이 이 나이까지 머리에 남아 있는 것을 보면, 암기 교육이 중요한 것임을 인정하게 된다.

유아교육 현장에서도 암기 교육을 많이 하였다. 속담, 고사성어, 세계 여러 나라 이름, 동시, 숫자, 영어 등 틈새 시간이 날 때마다 아이들

과 함께 주거니 받거니 하며 암기하는 시간을 가졌고, 재미있는 손동작이나 게임을 통해 반복적으로 암기하도록 하였다.

아이들이 집에서 암기한 내용을 되뇌면 가족들은 놀라 감탄하였고, 마치 자기 아이가 천재가 된 듯한 착각에 빠지기도 하였으며, 세계 6대주에 있는 약 150개국의 나라 이름을 다 외우는 아이를 보고, 그 아이 엄마는 TV 영재 프로그램에 출연해야겠다며 농담도 하였다.

아이들의 언어적 심미감과 어휘 확충을 위해 동시 외우는 것을 보고, 초등학교 교감 선생님이 좋은 프로그램이라 학생들에게 적용해야겠다고 얘기한 적이 있으며, 유치원에서 동시를 암기한 경험으로 초등학교에 가서도 동시 암기하기, 동시 짓기 등에서 우수한 실력을 뽐내고 있다는 소식을 들은 기억도 난다. 동시 암기를 잘한 아이가 사고의 힘을 키워 응용하는 능력이 향상되면, 자연스레 동시 짓기도 가능하리라 생각한다.

사실 모든 학습활동의 기본이 암기이다. 수학에 나오는 공식도 결국 암기를 해야 풀어나갈 수 있으므로 모든 방면에서 암기 교육에 역점을 두지 않을 수 없다. 암기를 잘해 놓으면 어느 상황에서 암기한 것이 활용되고 사고력을 증진시키게 되므로, 유다인 못지않게 우리나라 교육현장에서도 암기 교육을 많이 강조하고 있는 것이 사실이다.

그래서 맹목적으로 암기하기보다 사고력 증진을 위해 효율적으로 암기하는 방법에 대해서도 끊임없이 연구하며 학습활동을 해나가는 것이 바람직하다.

나는 초등학교 저학년 때 암기한 구구단을 평생 사용하고 있다.

어린이 쉼터

나는 민주화의 과정인 험난하고 암울한 사회적 환경 속에서 청년 시절을 보냈다.

빈민촌 사람들을 위해 헌신하셨던 마더 테레사 수녀님과 빈민을 위한 삶을 사셨던 정일우 신부님 및 조해일 작가의 『난장이가 쏘아올린 작은 공』을 통해, 특별히 도시 빈민에 대해 관심을 가지게 되었는데, 이들을 위해 보람 있는 삶을 살고 싶다는 열망이 나를 이끌었고, 수녀원에 입회하게 된 동기 중의 하나가 되기도 하였다.

그런데 수녀원에 입회하여 내가 맡은 소임은 유아교육이었다. 유아교육 현장에서 4년간의 경험을 하고 권태기가 올 무렵 수녀원에 입회하였는데, 역시 수녀원에서도 유아교육에만 매진하게 되었다. 순명이라는 덕목 아래, 주어지는 대로 소임을 수락하는 것이 수도자의 삶이기에, 계속 유아교육을 할 수밖에 없었다.

마음 한 구석에 늘 '가난한 자들에 대한 우선적인 선택'이라는 문구가 맴돌고 있었지만, 유아교육 현장에서 이를 실현하기가 좀처럼 쉽지가 않았다. 왜냐하면 내가 소임을 맡은 유아교육 기관 중 한두 곳을 제외

하고는, 거의 그 지역에서 경제적인 면이나 교육열이 높은 수준의 아이들이 오던 곳이었기에, 그 아이들 가운데서 가난한 아이들에 대한 배려는 아주 미비한 것에 불과했다.

　그런 상황에서도 가난한 동네에 들어가, 아이들을 위한 쉼터를 만들 수 있기를 바라며 늘 꿈꾸어왔다. 아이들이 쉬거나 놀고 싶을 때 와서 만화책 보고, 게임도 하고, 장난감 가지고 놀다가 간식도 먹고, 말 그대로 놀면서 쉴 수 있도록 하며, 아이들 상황에 따라 몬테소리 교구를 통해 학습에 도움을 주고, 때로는 종교교육을 도입하여, 아이들의 심리적 정신적인 면을 보듬어 줄 수 있는 환경을 제공하는 것이다. 또한, 그 아이들의 배경이 되는 부모들의 아픔에 직면하게 되면, 함께 마음 모아 힘이 되어주고 인권을 위해 도움을 주는 등의, 도시 빈민 사목 형태를 생각하며, 내가 이런 일을 할 수 있게 되기를 소망하였다.

　대구 시내 가난한 동네를 찾아다니다가 여러 가지 여건이 맞지 않아 어쩔까 하고 고민하던 중, 경제적 여유는 있으나, 마음이 빈곤한 아이들을 접하면서부터, 나의 가난에 대한 생각도 바뀌게 되었다. 물질적으로 가난한 아이들을 돕는 것도 중요한 일이지만 마음이 가난한 아이들에게 도움을 주는 것도 필요하다는 생각의 전환을 하게 되었다. 정신적, 심리적으로 가난한 아이들이 자라 우리 사회의 구성원이 되었을 때, 우리 사회가 어려움에 처할 수 있을 것이라는 생각이 들어, 내가 하고 싶어 했던 도시 빈민의 대상이 물질적 가난에서 심리적, 정신적 가난으로 전환이 되었다.

　30년 가까이 유아교육에 헌신한 뒤, 수도회 장상에게 도시 빈민 사목을 할 수 있도록 허락을 요청했지만, 수도회 사정상 유아교육 소임이 계속 주어졌고, 어느 지인의 도움으로 어린이 쉼터를 할 수 있는 상황이 준비되기도 하였으나 무산되어 버려, 아직도 나의 꿈은 때를 기다리고 있다.

주변 사람들은 '꿈은 이루어진다.'는 말로 희망을 가지라며 나를 위로하지만, 어린이 쉼터를 할 수 있는 꿈이 과연 이루어질지 아득하기만 하다. 열정과 에너지가 고갈되는 나이가 되었으나, 하느님께서는 여전히 나에게 멀리 보고 걸어가라 하신다.

생명줄을 놓는 그 순간까지 아이들과 함께하고 싶은 열망을 가지고 있으나, 하느님의 때가 언제인지 알 수는 없지만, 이 마음의 열망 또한 하느님께서 심어 놓으신 것이라 믿기에 오늘도 멀리 바라보며 그때를 기다리고 있다.

   과연 나에게 그 기회가 주어질지 하느님은 알고 계실까?

🦋 어린이의 흡수정신 吸收精神, Absorbent mind

　아이들을 흔히 하얀 도화지에 비유한다. 어른들처럼 세상살이에서 오는 여러 가지 흔적들 없이 그냥 깨끗한 영혼의 상태라는 의미에서 하는 말이라 생각한다.

　아이들은 엄마 배 속에서 생명이 시작되는 그 순간부터 세상을 흡수하고 받아들여 그림을 그리기 시작한다.
어떤 남자아이가 있었는데, 인물이 좋고 키가 크며 힘도 세어 호감이 가는 아이였다. 그런데 겉으로 드러나는 인상과는 다르게 산만하고 아이들과 부딪힘이 많아 교사도 그 아이를 지도하기에 역부족이었다. 가정 상태도 양호하였고 어머니의 교육열도 뒤지지 않은 집 아이가 일탈된 행동을 하기에 걱정이 되어 관찰한 결과, 아이의 심리 정서 상태가 많이 불안한 것을 발견하였고, 며칠 동안 결석을 하기에 가정방문을 통해 아이 엄마와 할머니랑 함께 대화를 나누었다.
　아이가 임신 중이었을 때 남편과의 관계로 많이 불안했고 낙태에 대한 고민으로 심리적 갈등을 겪었다고 하였는데, 그 아이가 태내에서 어머니의 불안감을 그대로 흡수하였다는 생각이 들었다. 유치원 다닐 당시 그 아이를 둘러싼 가정환경이 별문제가 없었음에도 아이의 상태가 불안정한 이유를 나름대로 이해할 수 있었고, 아이가 심리적으로 더 안정감을 느끼도록 가족들과 함께 잘 이끌어주자며 지도하였다. 아이들이 환경을 먹고 성장하는 것은 이미 알고 있었지만, 태내에서 어머니의 감정과 심리를 이렇게까지 예민하게 흡수한 것이 놀라웠고, 태내에서부터 시작되는 아이들의 흡수정신에 대해 다시 생각하게 되었다.

흡수정신이란, 유아들이 흡수하는 정신 능력을 통해 환경을 받아들이고, 환경을 통해 스스로 경험하여 배우며, 주변 세계를 계속 흡수해서 자신의 정신세계를 형성해 가는 것을 말한다.
흡수정신의 형태는 첫째, 유아 내부에서 일어나는 강렬한 생명 충동에 의해 외부 환경을 흡수하는 경우인데, 예를 들어, 목이 마르면 물을 마시고 싶은 욕구가 내부에서 생겨, 외부에서 물을 찾아 흡수하는 것과 같다.
둘째, 외부 환경이 저절로 아이에게 흡수되는 경우로, 아이가 놓여 있는 환경인 가족 및 주변 사람의 인격, 나라의 문화, 관습, 토지, 기후, 언어 등은 아이의 의지와 상관없이 아이에게 저절로 흡수되어 그 민족의 일원이 되게 한다. 대표적인 예로, 모국어를 습득하는 것은 아이의 원의와 상관없이, 아이가 사는 지역의 언어가 저절로 아이에게 흡수되어 언어 사용을 가능하게 한다.

0~3세는 무의식적 흡수단계이며 유아기 인성의 대부분을 형성하는 시기로, 이때는 모든 인상을 무의식적으로 흡수하는데, 흡수하는 태도가 매우 능동적이다. 모방, 운동, 손끝으로 다루는 조작적 놀이와 쥐는

행동들이 나타나며, 그러한 경험을 통해 자신의 정신을 개발시킨다.

　3~6세는 의식적 흡수단계로, 인간 환경뿐만 아니라, 교구와의 계획적인 상호 작용을 통해 확실하게 흡수한다. 이 시기는 의식적이고 계획적으로 환경과 상호작용하며, 좋아하는 것을 직접 경험하고자 하는 의지가 강하게 나타나고, 0~3세 사이에 형성되었던 기본 능력을 통합하여 더 세련되어지려고 한다.

　아이들의 흡수정신을 돕기 위해서는, 감각을 사용할 수 있는 경험의 기회와 완벽하게 흡수할 수 있는 반복의 기회 및 자유를 많이 주어야 하며, 어떤 행동을 취하며 살아가야 하는지에 대한 도움을 주고, 올바른 대화 방법과 언어 사용에 대해서도 알려주어야 한다. 또한, 물리적이고 정서적으로 올바른 환경을 마련해 주며, 어른들의 행동과 언어 등이 모델이 되어야 하고, 아이들이 즐겁게 생활하도록 도와주어야 한다.

　아이들의 흡수정신을 흔히 스펀지에 비유하는데, 하얀 스펀지를 물감에 담그면 물감 색에 따라 노랑, 빨강, 검은색 등으로 변한다. 태내에서부터 흡수하여 그림을 그리기 시작한 아이들은 하얀 도화지에 노랑, 빨강, 검은색 등으로 그림을 그리는데, 한번 스펀지에 물감이 든 색은 아무리 여러 번을 씻어도 완벽하게 처음의 스펀지로 되돌릴 수 없으며, 흰색 도화지에 그려진 그림도 실수했다 하여 아무리 열심히 지워도 흔적이 그대로 남는다.
　태내에서 엄마의 감정과 심리 상태까지도 그대로 흡수해 버리는 아이의 놀라운 흡수정신을 고려하여, 태내에서부터 아이를 둘러싼 인간적, 물리적 환경에 세심한 주의를 기울이며, 아이들이 평화롭게 성장할 수 있도록 도와주어야 한다. 스펀지와 도화지에 색이 물들 듯, 한 번 아이에게 흡수된 것은 고착되어 떼 낼 수 없으므로, 아이들의 인생길에 도움이 되는 올바른 것을 잘 흡수할 수 있는, 좋은 환경을 조성해 주도록 어른들이 노력해야 한다.

유다인의 독서교육

책을 가까이하는 습관을 들이기 위해, 아이들이 매일 책을 한 권씩 가지고 다니며 수시로 펼쳐 볼 수 있게 하였고, 교실에서도 독서 활동하는데 일정 시간을 할애하여 늘 책과 함께할 수 있도록 유도하였다. 책을 읽고 난 다음에는, 읽은 책 내용에 대해 생각하고 분석하는 후속 작업도 연령별로 이루어졌는데, 독서를 많이 하는 민족이 우수한 민족임을 유다인을 통해서도 드러났으니만큼, 우리 아이들도 늘 책과 함께 생활할 수 있도록 지도하였다.

지그문트 프로이트, 칼 마르크스, 알베르트 아인슈타인, 헨리 키신저, 놈 촘스키, 스티븐 스필버그, 콜럼버스, 하이네, 샤갈 등은 인류 역사에 큰 공헌을 했던 인물들이며, 이분들의 공통적인 특징이 유다인 출신이라는 점이다. 전 세계 유다인의 수는 약 1400~1500만 명으로 추산되며, 그중 미국에 사는 유다인은 거의 570만 명에 이른다.[6] 미국 인구의 약 1.7%에 해당하는 수에 불과하지만 미국 내에서 가장 막강한 영향력을 행사하고 있으며, 미국 정치의 실세로 군림하고 있다. 미

---

6) 구글 https://www.google.co.kr. 유대인 인구 2020.11.23.(접속일 2021.01.15.)

국 최고 부자 중 반 정도가 유다인이며, 언론사와 언론인, 변호사, 대학교수도 상당수를 차지하고 있고, 노벨상 전체 수상자들 중 약 30%를 유다인이 차지하고 있다.

이렇듯 적은 인구임에도 불구하고, 유다인이 세계를 이끄는 우수 민족으로 자리매김한 배경이 무엇일까?

유다인의 교육 방법은 지식을 가르치는 것이 아니라, 두뇌를 명석하게 이끌어 주는 지혜 교육에 역점을 두고 엄격하게 교육하는데, 주로 가정교육을 통해 이루어지며, 자기 훈련을 철저히 시킨다. 청결한 생활, 정직한 생활, 내핍 생활, 남을 돕는 생활 등을 가르치며, 암기와 토론, 질문을 통해 아이들이 책을 읽고 분석하며 토론하여, 자신의 지식으로 축적하도록 한다.

유다인은 영상교육을 피하는데, 시각을 통해 들어오는 강렬한 세속적인 문화를 차단하기 위함이며, 자극적인 영상에 노출되면 더 선명하고 세련된 화상을 요구하게 되어 책을 멀리하기 때문이다. 영상교육은 책을 읽는 것보다 영상물 보는 것이 더 쉬우므로 게을러지기 쉽고, 화면이 빨리 바뀌기 때문에 깊고 넓게 생각하는 능력을 상실한다. 또한, 대인관계에도 장애가 생기고, EQ 교육에도 좋지 않으며, 집중력과 창의력이 떨어지고, 자신의 절제가 되지 않는다.

반면에 책을 통한 교육은, 자신의 생각을 표현하는 말하기, 쓰기, 읽기가 가능하며, 독해력과 표현 소재와 어휘력도 풍부해진다. 책은 논리를 전개하는 힘이 길러지며, 책을 통해 경험의 한계를 극복할 수 있고, 철학과 사상을 확립할 수 있다.

도서관이라 하면 조용한 분위기에서 개인이 집중하여 학습하는 곳이라 생각하는데, 유다인의 도서관은 책을 읽은 후 주로 토론을 하므로, 우리가 생각하는 도서관처럼 정숙한 분위기가 아니라 토론의 장場으로 사용된다. 자기가 읽은 도서 내용에 대해 다른 사람과 토론하기 위해서는, 자신이 정확하게 습득해야 하며, 습득한 것을 다른 사람이 알아들을 수 있도록 조리 있게 구성하고, 적절한 대화법을 통해 다른 사람에게 전달하며, 다른 사람의 질문을 받아 자신의 논리를 펼쳐야 하므로 그냥 책을 읽는 수준에 머무를 수가 없고, 확실하게 파악해야 하는 점에서 우리와는 양상이 다르다. 그러니 하나를 알아도 확실하게 알아, 자신의 것으로 만들어나가는 습관을 들이는 독서 태도가, 유다인의 사고와 지능 및 연구 능력을 확장시킨 것이라 볼 수 있다.

현대는 컴퓨터와 스마트폰으로 온 세상의 정보를 다 습득할 수 있는 시대로, 책을 접하는 경우가 점점 멀어져 간다. 그러나 유다인이 영상교육을 멀리하듯이, 영상교육을 통한 지식의 습득은 깊이 있게 들어갈 수가 없으므로, 우리 아이들도 책을 통해 지식을 습득하고, 그 지식을 통해 자신의 철학을 구축해 나가며, 학문 연구에 더욱 깊이 매진할 수 있는 역량을 키워가야 한다.

유치원에서부터 책과 가까이하는 습관을 들이려 애를 썼기에, 아이들 집에서도 가능한 TV와 컴퓨터를 멀리하며, 거실을 책방으로 탈바꿈시키는 학부모들을 많이 볼 수 있었다.

인성교육이란?

가톨릭 유아교육 기관을 찾는 대부분의 학부모들은 올바른 인성교육에 대한 바람을 가지고 아이들을 입학시키는 경우가 많은데, 인성교육이란 마음의 바탕이나 사람의 됨됨이 등의 성품을 함양시키기 위한 교육이다.[7]

과거 교육 현장에서 인성교육이라는 용어가 굳이 필요하지 않았던 것은, 가정이나 사회문화를 통해 바르게 살아가는 법에 대한 학습이 이루어져 왔고, 우리나라에 깊이 뿌리박힌 유교 문화가 저절로 몸과 마음에 배어 살아왔기 때문이다.

시대가 변하여 학습 위주, 성과 중심으로 교육의 목표점이 바뀌어, 인간으로서 지녀야 할 여러 가지 덕목, 즉 인성교육이 배제되면서 다양한 사회적 문제들이 발생하였기에, 교육 현장에서 인성교육이라는 용어까지 등장시키며 구체적인 방법들을 모색하여 사람됨의 교육에 임하게 되었다.

---

7) Daum 한국어 사전 dic.daum.net/index.do?dic=kor (접속일 2020.12.22.)

인성교육을 위한 여러 내용과 방법이 연구되고, 교육 현장에서도 이 연구된 내용과 방법으로 아이들을 지도하는데, 실행하는 교사에 따라 차이는 있지만, 인성교육의 세부 덕목을 경청, 배려, 긍정적 태도, 감사, 인내, 절제, 책임감, 순종 등으로 구분시켜 지도하였다.[8]

경청이란, 상대방의 말과 행동을 잘 집중하여 들어, 상대방이 얼마나 소중한지 인정해 주는 것이며, 배려는 나와 다른 사람 그리고 환경에 대하여 사랑과 관심을 갖고 잘 관찰하여 보살피는 것이다.
긍정적 태도란, 어떠한 상황에서도 가장 희망적인 생각, 말, 행동을 선택하는 마음가짐을 말하며, 감사는 다른 사람이 나에게 어떤 도움이 되었는지를 인정하고, 말과 행동으로 고마움을 표현하는 것이다.
인내란, 좋은 일이 이루어질 때까지 불평 없이 참고 기다리는 것이며, 절제는 내가 하고 싶은 대로 하지 않고 꼭 해야 할 일을 하는 것이다.
책임감이란, 내가 해야 할 일들이 무엇인지 알고 끝까지 맡아서 잘 수행하는 태도를 가지는 것이며, 순종은 나를 책임지고 있는 사람들의 현명한 지시에, 기쁜 마음으로 즉시 따르는 것 등으로 정의 내릴 수 있다.
이 세부 덕목에 따라, 아이들이 이러한 덕목들을 습득할 수 있도록 다양한 활동 방법으로 훈련하였는데, 온전히 아이들에게 스며들어 덕목이 몸에 배길 바라는 마음이긴 하지만, 그 효과에 대해서는 검증할 길을 아직 모색하지 못하였다. 가끔 덕목의 정의를 외우는 인지적인 측면으로 전락해 버리지 않을까 하는 우려도 마음 한 구석에 있음을 부인할 수 없다.

---

8) 이영숙. 좋은 나무 성품 학교. 성품 교육 연수자료 참조

인성교육의 방법으로 나는 가톨릭 종교교육을 강조한다.

신입생 학부모 오리엔테이션 때부터 가톨릭 정신을 강조하였는데, 인간은 자신이 사랑받고 있는 존귀한 존재라는 깨달음이 있을 때 세상을 안정적으로 살아갈 수 있다. 학부모의 사랑은 유한하지만, 영원히 자신을 지켜주고 믿어주며 사랑해 주는 분의 존재를 인식하여 의지할 때, 아이들은 안정적이고 도덕적인 삶을 살아갈 수 있으며, 자신이 받은 사랑으로 다른 사람도 사랑할 수 있게 된다.

아이들에게 이런 의식을 가지게 하는 것이 가장 바람직한 인성교육의 방법임을 학부모들에게 인지시키면, 유치원에서의 종교교육을 반대하는 경우가 거의 없었으며, 심지어 국공립 어린이집에서 일을 할 때에도 학부모들로부터 아무런 제약이 없었다.

　흔히 국공립 기관에서 종교라는 말을 들먹이면, 학부모들의 시선이 다소 불편한 점이 있어, 국공립 기관에서 소임 하는 수녀님들이 종교교육 접근에 신중을 기하는 경우가 있다.

아기 예수님을 안고 있는 성모상이 어린이집 현관에 모셔져 있었는데, 어느 날 공무원의 지도 점검으로 혹시나 하고 염려하여, 작품명이 '성모자상'이고, 훌륭한 분의 예술 작품이며, 아이들이 감상할 수 있도록 준비한 것이라 얘기했다는, 어떤 국공립 어린이집 원장님의 얘기가 생각난다. 물론 원장님의 얘기도 맞는 말이지만, 혹시라도 종교색을 표출한다고 지적당할까 봐 미리 선수를 쳤다고나 할까?

　아무리 훌륭한 인성교육의 내용과 방법과 활동들을 교육 현장에서 준비하여 아이들에게 지도하더라도, 가정에서 부모가 지도하는 것과는 교육의 효과가 비교되지 않는다. 밥상머리 교육이라는 말도 있듯

이, 항상 함께 생활하는 부모가 제대로 된 인성교육을 시켜, 아이들이
바르게 성장하도록 하는 것이 가장 중요하고 효과적이다.
부모들이 자신의 의식과 생활습관, 태도가 아이들에게 많은 영향을 미
친다는 것을 인지하며, 자녀를 바르게 인도하고 교육할 수 있도록 늘
마음을 기울여야 한다.

종교교육 전문가

종신서원 후 유아교육 현장에서 교사로 근무하던 중 연수에 참여한 일이 있었다.

어느 대학 교수가 주관한 연수로, 내용은 어린이 종교교육에 관한 것이었는데, 전국에 있는 많은 유아교육 담당 수녀님들이 참여하였고, 아이들에게 어떤 식으로 가톨릭 종교를 접목시키는지, 이탈리아에 있는 착한 목자 교리연구소의 활동 내용을 소개해 준 연수였다.

전국에 있는 많은 유아교육 담당 수녀님들이 가장 확실한 종교교육 전문가들이라 생각했는데, 일반인에게 종교교육에 관한 가르침을 받고 있다는 생각에, 약간 의기소침해진 것이 사실이었다.

그 연수로부터 자극을 받아, 아이들의 종교교육에 대해 연구하고 지도해야겠다는 사명감과 의무감으로 연구를 하며, 직접 아이들을 지도하기 시작하였다.

아이들을 위해 교사들에게 종교교육을 부탁하면 상당한 난색을 표명하였는데, 우선 교사들이 교리에 대해 잘 아는 바가 없어 자신감이 없고, 교리 내용 자체를 많이 어려워했으며, 어떤 식으로 아이들 수준에 맞게 접근해야 하는지에 대해서도 굉장히 힘들어했다.

그래서 가톨릭의 가르침을 교사들에게 알려주는 한편, 그 내용을 교재 교구를 통해 아이들에게 지도하는 구체적인 방법을 제시하였다. 교사들이 교리 내용에 대해 다시 이해하고 아이들 지도법까지 직접 지도받음으로써, 현장에서 아이들에게 적용하는 데 많은 도움이 되었다.

종교교육 한 경험을 종합하여, 『하늘나라 어린이나라』 종교교육 교리 교안집을 교사들과 함께 만들어 다른 유아교육 기관에도 보급하였으며, 교안의 내용과 지도 방법에 대한 교사 연수를 통해 교육 현장에서 직접 아이들에게 지도할 수 있도록 인도하였다.

한국천주교 여자수도회 장상연합회 유아교육분과위원회 연구부 종교교육팀장을 맡아, 전국에 있는 아이들에게 가톨릭 종교교육을 확장시키기 위해 구체적인 종교교육의 내용과 교재 교구 활용법을 제시한, 『착한 목자 예수님』을 출간하였고, 그에 맞춰 교재 교구, 신구약 그림 성경동화까지 만들어, 전국 가톨릭 유아교육 기관에 보급하였다.

책과 교재 교구를 만드는 과정에서, 연구부 수녀님들과 성 바오로 출판사 ○○○ 수사님이 함께하였는데, 매주 지방에서 서울을 왕래하며, 밤늦게까지 출판사에서 작업을 하였고, 아이들에게 맞는 교재 교구를 선택해야겠기에 남대문 시장을 샅샅이 훑고 다니는 등 힘든 시간을 보내긴 했으나, 아이들을 하느님께로 연결시키고 싶은 사명감과 열정이 있었기에 가능한 일이었다.

교재 교구 제작이 끝난 후, 전국 교구로 다니며 교사지도 했을 때도, 수녀님들의 도움과 환대, 교사들의 집중과 즐겁게 임하는 태도 등에서 하느님 품 안에서 함께 하느님 나라를 향해 나아간다는 생각이 강렬하게 들었다. 힘들었지만 즐거움을 창출한 시간이기도 했으며, 전국적으로 함께 했던 수녀님들과 교사들의 마음과 사랑이 아직도 가슴에 남아 있는 듯하여 행복감이 밀려온다.

아이들에게 종교교육을 하는 시간은 참으로 즐거웠다. 아이들이 순수하고 깨끗한 마음에 하느님을 쉽게 받아들이는 것은, 하느님께서 주신 생명을 가지고 태어날 때 이미 하느님의 영을 나누어 받아 태어나기에, 하느님에 대한 가르침을 아이들이 쉽게 받아들이고 동화되어, 하느님의 기쁨 안에 머무르게 된다.
태어나면서부터 아이들 안에 내재되어 있는 종교심을 꺼내어주는 것이 어른들의 몫이지만, 어른들이 이 사실을 깨닫지 못할 경우, 아이들 안에 내재된 종교심이 성장하면서 그냥 세속적인 일에 묻히고 만다.

아이들을 하느님께로 연결해 주려고 노력했던 마음이, 이제는 초등부 첫 영성체[9] 아이들에게도 교재 교구와 함께 시도해 보고 싶은 열망을 가지며, 유치원 원장이라는 직함보다 종교교육 전문가라는 이름으로 불리고 싶어 했던 만큼, 아이들을 하느님께로 인도하는 일을 할 수 있는 기회가 언젠가 주어지기를 희망해 본다.

---

9) 빵과 포도주에서 성(聖) 변화한 예수님의 몸과 피를, 처음으로 받아먹고 마시는 예식이며, 보통 초등학교 3학년 어린이부터 기회가 주어진다. 첫 영성체 예식을 하기 전 일정 기간 교육을 받아야 하는데, 이때 가톨릭 교리 전반에 대한 교육이 이루어진다.

지구를 지켜요

'하느님께서 창조하신 지구를 사랑하고 보호하지 않는 것은 하느님을 사랑하지 않는 것이다.'라는 생각이 들 정도로, 지구 보호와 사랑은 신앙과 연결된 것이며 반드시 지켜내야 하는 일이라 생각한다. 지구를 사랑하는 것은 번거로움을 감수할 수 있는 용기가 필요하며, 많은 고통과 인내를 수반한다. 그냥 편리하게, 못 본 척하며 생각 없이 사용하고 지나치면 그뿐인데, 늘 관심을 가져야 하고, 불편함을 감수해야 하니 몸이 고달프고, 다른 사람이 지구 사랑을 실행하지 않는 데 대해서도 마음이 쓰여, 다른 사람들을 바라보는 시선이 편하지 않을 때도 있다.

아이들과 학부모들과 더불어 지구 지킴이 활동을 매년 다른 각도에서 다양하게 전개해 나갔다. EM 쌀뜨물 발효액으로 화단에 물 주기, 쌀뜨물로 도시락 헹구기, 가까운 거리 걸어 다니기, 장바구니 사용하기, 전기 절약하기, 에어컨 절제하기, 물 아껴 쓰기 등의 지구 살리기 활동과 우리나라 고유의 자연 친화적인 세시풍속 활동을 통해 환경을 보호하고, 숲에서의 활동을 통해 자연과 함께 호흡하는 지구 지킴이

의식을 심어주는 교육을 진행하였다.

플라스틱 사용 때문에 바다 동물들이 고통당하는 이야기를 하면, 아이들이 심각하고 실감 나게 받아들였는데, 플라스틱 장난감 대신 책을 선물로 받으라고 늘 강조하였고, 아이들도 어린이날 선물로 책을 받았다고 자랑하지만, 플라스틱 세상에서 벗어날 수 없는 것이 현실이다.
분리수거와 쓰레기 배출량을 줄여야 하는 이유를 바다 생물을 들어 이야기하면, 자기들이 쓰레기를 잘 분리수거하여 버리는데, 왜 바다 생물이 쓰레기 때문에 힘들어하는지에 대한 이해를 잘 하지 못하였다.
우리가 버린 쓰레기를 아파트 분리수거장에 갖다 놓으면, 미화원 아저씨들이 그 쓰레기를 큰 차에 실어 가 어떤 것은 재활용을 하지만, 어떤 쓰레기는 태우거나, 땅에 묻거나 바다에 버리는데, 바다에 버린 쓰레기를 바다 생물이 먹거나 쓰레기에 상처를 입어 바다 생물이 힘들어한다는 얘기를 하니, 그제야 조금 수긍하는 듯하였다.
그런데 어떤 아이는 아직도 못 믿겠다는 듯한 표정을 지으며, "수녀님, 우리가 청소차 뒤를 따라가서 정말 바다에 버리는지 확인해 보면 어때요?"라고 말하기도 하였다.

봄에 심한 가뭄으로 식물이 어려움을 겪고 있을 때, 가뭄에 대한 이야기를 하며 물을 아껴 사용하는 방법을 지도하였다. 집에 가서 엄마에게도 물을 아껴 써야 한다고 알려주고, 쌀뜨물을 받으면 화단에 있는 식물에게 주자고 이야기하니 아이들의 반응이 뜨악하였는데, 이유는 자기들은 아파트에 살기 때문에 집에 화단이 없다고 하였다.
그러면 엄마가 쌀 씻은 쌀뜨물을 페트병에 담아, 아파트 1층에 있는 화단에 물을 주면 되지 않겠냐고 얘기했더니, 실지로 어떤 아이가 쌀뜨물을 받아 1층까지 가서 화단에 물을 준다는 학부모의 이야기를 듣고, 기특하고 대견하여 흐뭇해한 적도 있었다.

교사들도 교재 교구 제작할 때, 재료에 대한 고민을 하며 선정하였는데, 1년 이상 계속 사용해야 하는 것은 코팅을 하지만, 그 이하는 두꺼운 폐지를 뒤에 덧대어 사용하도록 하였으며, 돈이 없어서가 아니라, 새 물건을 구입하면 쓰레기가 되어버리는 헌 물건들에 대한 처리를 고민하면서, 물건의 사용 연한을 최대한 연장시키기도 하였다.

지구사랑 교육을 받은 아이들은, 아빠가 차 안에서 에어컨을 켜면 에어컨 꺼야 한다고 주장하고, 방마다 쫓아다니며 전깃불을 끄는 아이도 있으며, 부엌에서 엄마가 설거지하면 물 아껴 써야 한다고 따라다니며 잔소리하는 등, 아이들 등쌀에 학부모들이 환난을 겪는다는 이야기를 학부모들은 또 자랑스레 들려주곤 하였다.

아이들과 함께 여러 가지 실천사항들을 지키고 체크했던 것들을 자료로 엮어, 한국천주교주교회의 정의평화위원회 환경소위원회에서 '가톨릭 환경상'을 받았으며, 대구 경북지역 매일신문사와 화성 그룹에서 주관한 '늘 푸름 환경 대상'을 받기도 하였다.

'늘 푸름 환경 대상' 수상을 위해 대구 매일 빌딩으로 아이들과 함께 갔는데, 시상하시는 매일신문사 사장신부님이, "쌀뜨물로 도시락 잘 씻어서 오늘 상 받는 거네?" 하고 아이들에게 말씀하셨다. 유치원에서 점심 식사 후 물을 절약하기 위해 쌀뜨물로 빈 도시락을 헹군 후, 집으로 가져가는 활동을 하였는데, 여러 가지 활동 중, 이 활동이 신부님에게 인상적이었나 보다.

.

환경상을 수상하면서 코팅, 비닐, 시트지, 종이 등을 고민하며 아껴 사용했던 일, 물건 사용 기한을 연장시키며 쓰레기 배출을 줄이려고 불편함을 감수했던 일, 최대한 친환경적인 물건을 구입하려 발품 팔았던 일, 쓰레기가 되었을 때 잘 썩을 수 있는 재료로 제작된 물건 선정하기 등 비록 미약한 부분이었지만, 불편함을 힘겨워하며 사용했을 때의 아픔들이 떠올랐으며, 그 불편함을 잘 감내했기에 환경상이라는 선물을 주신다고 생각하며 위로를 받았다.

지구를 지키고 보호하는 일은 많은 생각과 실행을 요구하며, 용기와 부지런함이 필요하고, 불편함과 함께 때로는 다른 사람들로부터 핀잔도 들어야 하는 쉽지 않은 일이긴 하지만, 사랑하는 우리 아이들이 앞으로 살아가야 할 세상이기에, 조금이라도 더 나은 지구 환경을 물려줘야 한다는 의무감을 어른들이 가지고, 작은 실행이라도 했으면 하는 바람이다.

주면 주는 대로 받아 실행하는 우리 아이들이 하는 만큼만 세상이 흘러가더라도, 지구도 살고 우리도 살고, 그래서 아이들의 미래가 함께 사는 아름다운 지구 공동체, 우주 공동체가 될 터인데 하는 희망을 가지며, 오늘도 나름의 방법과 실행으로 지구 살리는 활동에 동참하려 애를 쓴다.

초등과정 연계활동

　유치원을 졸업한 많은 학부모들이 하는 말이 있다.
유치원에서 이렇게 열심히 잘 배웠는데 초등학교 3학년 정도가 되면
도루묵이라고, 다른 아이들과 섞이면 그렇게 교육을 잘 받았던 아이들
이 맞나 싶을 정도로 변해 버린다고.

　실지로 졸업생들을 위한 동문회를 통해 학부모들의 얘기가 그른 소
리가 아니라는 것을 확인할 수 있었다.
유치원 졸업생들을 대상으로 1학년에서 6학년까지의 아이들을 1년에
한 번 유치원에 초대하였는데 1, 2학년들은 유치원에서 하던 태도가
아직 유지되고 있으나, 3학년 이후부터는 아이들이 정리정돈이 되지
않아 어수선하고, 언어도 폭력적이며 거칠고, 집중력도 떨어져 감당이
힘들다고 생각할 정도였다.
그래서인지 유치원 교육과 연계된 교육을 받을 수 있으면, 아이들도
심하게 변하지 않고 바르게 잘 자랄 수 있을 텐데 하는 아쉬움을 토로
하면서, 학부모들이 몬테소리교육 프로그램을 운영하는 초등학교가
있으면 하는 바람을 자주 표현하였다. 유치원에서의 교육과 생활 태도

등이 초등학교까지 잘 연계되어 교육을 받을 수 있으면, 훨씬 바르고 잘 정돈된 건전한 정신의 아이들로 자랄 수 있을 것이라는 철학을 가지고 있었기에, 몬테소리교육 프로그램을 운영하는 초등학교에 대한 열망을 나도 가지고 있었다.

마침, 자연 친화적인 환경과 우수한 교육 시설 등, 유치원과 연계된 교육 프로그램을 실행하기에 좋은 조건들이 구비된 곳이 있어, 초등과정을 운영할 수 있도록 사전 준비를 열심히 하였고, 수녀회에서도 의견이 관철되는 듯하였으나 결국 무산되고 말았다.
이미 유치원 학부모들에게 초등과정에 대한 안내를 한 상태였기에, 없었던 일로 취소한다고 통보하니, 초등과정을 지원했던 2명의 아이들이 취소 상황을 받아들이지 않고 기필코 지도해 달라고 신신당부 하였다.
정말 난감한 상황!!!

초등과정은 교육자의 철학에 부응하는 피교육자 학부모의 동의가 있으면 이루어지는 것이기에, 그냥 한번 시도해 보자는 마음의 결정을 고민 끝에 내렸다.
오전에 2명이 초등과정 학습활동을 하고, 오후에는 일반 초등학교를 마친 몇 명의 아이들이 함께 합류하여 신나게 활동을 하였다.
몬테소리 작업과 영어, 운동경기, 봉사활동, 자연관찰, 문화 탐방, 탈춤 등의 프로그램이 준비되어, 아이들이 역동적이면서도 흥미롭게 활동에 임하였다. 다행히 남자 교사가 아이들의 욕구를 충족시켜 줄 수 있는 활동을 함께할 수 있었기에, 매일 매일이 아이들에게 참으로 행복한 시간들이었다.

그렇게 1년을 보내고, 이제 더 이상 초등과정 활동을 하지 못할 상황이었기에, 아이들 2명을 일반 초등학교 2학년으로 편입시킨 후, 정리할 수밖에 없었다. 호기심과 기대감으로 경험해 보고 싶었던 초등과정은, 기대 이상으로 아이들에게 행복감과 자존감 및 자신감을 증진시켰으며, 아이들 서로의 관계 형성을 통해 올바른 인성을 가꾸어 나가는 상황을 지켜볼 수 있었다.

아이들의 활동을 바라보고 있던 나도 덩달아 행복했고, 대한민국 아이들이 이런 환경에서 이러한 활동으로 생활한다면, 정서적, 심리적, 인지적으로 충분한 발달을 할 수 있을 것이며, 책임감과 리더십이 성장하여, 자신의 일을 스스로 개척해 나가는 아이들로 자랄 수 있을 텐데, 활동을 접어야만 했던 아쉬움이 늘 마음에서 떠나질 않았다.
인생을 살아가는 데 있어 기회란 늘 주어지지 않으며, 여러 가지 조건이 합당하게 마련되었고, 도움을 주고자 하는 분들도 함께 마음을 모아주셨는데, 초등과정에 대한 꿈을 접을 수밖에 없었음이 지금도 안타까움으로 자리하고 있다.

한글을 익혀요

    유치원 시기의 학습활동 중 가장 눈에 두드러지게 학부모들의 관심이 많은 부분이 한글 습득과 숫자 익히기라 할 수 있다. 숫자도 한글만큼 비교되거나 드러나지 않으므로, 가장 잘 비교되는 한글 습득에 대한 애착이 학부모들에게 상당하다.

    언어 교육의 내용은 듣기, 말하기, 읽기, 쓰기를 다 포함하는 것이지 단지, 한글을 쓰고 읽는 차원만 얘기하는 것은 아니다.

    듣기는 임신한 순간 배 속에서부터 시작하는데, 이때부터 아이의 언어교육이 시작된다고 볼 수 있다. 주변 어른들이 사용하는 언어와 억양, 말투 등을 이미 배 속에서 듣고 있어 아이에게 영향을 미치므로, 임신한 순간부터 좋은 소리를 들려주도록 언어사용에 각별히 마음을 써야 한다.

    옹알이가 말하기의 시작이라 할 수 있으므로, 아이가 옹알이할 때 또는 한 단어씩 표현할 때마다 응수하며, 격려와 칭찬으로 말하기를 학습시킬 수 있는데, 시간이 지남에 따라 사용하는 어휘양도 늘고 표현 방법도 점점 다양해지는 것을 볼 수 있다.

아이들이 아무 곳에 긁적거리는 것부터 쓰기가 시작된다고 볼 수 있다. 긁적거리는 것이 쓰기의 시작임에도 불구하고 어른들은 아이가 낙서한다며 쓰기 연습을 제지하는데, 아이의 쓰기를 위해 일정 공간에 긁적거리거나 낙서할 수 있도록 자유를 주어야 한다.

아이들은 쓰기를 힘들어하며, 학부모들도 이에 대해 걱정을 많이 한다. 필기도구를 쥘 힘을 기르고, 손목을 잘 움직일 수 있는 훈련을 하며, 세밀한 필기도구를 손가락으로 바로 잡는 훈련을 한 후에야 비로소 쓰기를 잘할 수 있는데, 대부분의 학부모들은 이런 사실을 간과하여 사전 훈련과 발달에 대해 등한시하다가 바로 쓰기에 들어가므로 아이들이 어려움을 느낀다.

필기도구를 제시할 때도, 아이들 손에 힘이 없는 상태에서는 사인펜이나 매직 등 쉽게 쓰이는 것을 사용하고, 다음 단계는 굵은 색연필, 다음 단계는 연필 색연필이나 볼펜, 그리고 연필은 가장 마지막 단계의 도구이므로, 처음부터 연필로 쓰기를 요구하면 아이들이 힘들어 자신감을 잃을 수도 있다.

한글 쓰기에서 또 중요한 것은 연필 쥐는 법이다. 연필을 어떻게 쥐느냐에 따라 쓰기의 피로도와 능력에 차이가 나므로, 필기도구를 쥐기 시작할 때 바르게 쥐는 법에 익숙해지도록 부모들의 세심한 관심이 필요하다. 숟가락 쥘 때부터 연필 잡는 방법으로 숟가락을 쥐도록 유도하면 연필 잡는 법이 더 수월해지리라 생각한다.

우리나라 국어 교육과정에서는 읽기 다음에 쓰기가 오지만, 몬테소리교육에서는 쓰기 다음 단계에 읽기가 이루어진다고 한다. 아이들이 단어나 문장을 눈에 보이는 대로 읽을 때 글을 '읽는다'고 표현할 수도 있지만, 더 포괄적으로 보면 '읽는다'는 것은, 글 안에 들어 있는 의미와 글쓴이의 의도까지 총체적으로 다 읽을 수 있을 때 비로소 '읽는다'고 표현할 수 있으므로, 읽기가 언어 지도에 있어 아이들이 가장 마지막 단계에 습득하는 것이라 할 수 있다. 물론, 쓰기와 읽기의 순서는 견해 차이일 수 있다.

한글은 음운 변화가 많고 겹받침, 쌍받침 등이 있어, 아이들이 듣는 것과 말하는 것과 쓰는 것의 차이를 잘 구별하기 힘들어하며, 아이들은 흔히 듣는 대로 쓰기를 하는 경우가 많다.
구체적으로 글씨를 보여주며, 글씨의 생김새와 읽었을 때의 소리가 다름을 식별할 수 있도록 도와주고, 음운 변화 흐름을 인지하여 받침의 차이를 알기 전까지는 구체적인 예화를 들어주며 외우도록 해야 한다.

아이들 주변에는 많은 언어지도 자료들이 있다. 거리의 간판과 간식 포장지에서도 아이들은 수없이 많은 종류의 한글과 접하며 생활하고 있는데, 부모들이 부지런하여 이를 잘 활용하면 듣기, 말하기, 쓰기, 읽기가 다 가능해질 수 있으리라 생각한다.
특히 동화책을 읽고 쓰는 활동은 아이들의 한글 습득에 큰 효과가 있음을 누누이 경험하였다. 아이가 좋아하는 동화책을 읽고, 한 문장만 집중적으로 읽을 수 있도록 하여, 그 한 문장만 8칸 공책에 흉내 내어 적어보는 것이다. 한 문장을 10회 정도 적는 활동을 할 때 처음부터 긴 문장 사용은 아이를 지치게 하므로, 아이가 자신 있고 쉽게 접근할 수 있도록 짧은 문장부터 시작하는 것이 바람직하며, 공책에 쓸 때 띄어쓰기, 문장 부호까지 다 흉내 내어 쓰도록 하면, 단어, 문장 부호, 띄어쓰기, 받침까지 흡수가 가능하다.

동화 쓰기에 대한 효과를 많이 봐왔기에 적극 권장하는데, 이는 초등학교 들어가기 전 나이일 때 적용할 수 있으며, 그때그때 아이에 대한 적절한 보상도 따라야 효과나 나타난다.

　지나치게 이른 나이에 한글 공부를 시도했다가 아이가 한글에 손을 놓게 되는 경우를 가끔 보았다. 만 5세가 되면 초등학교 가기 전이므로, 한글에 대해 가정에서 학습을 강화하는데, 이미 어렸을 때 한글에 대한 거부 경험이 있으면, 초등학교 가기 전 한글을 습득하고자 할 때 심리적으로 많이 힘들어하는 경우를 볼 수 있었다.
그러므로 연령별 단계에 맞게 서서히 접근해야 아이들이 거부감 없이 한글을 습득할 수 있으며, 유아기가 언어에 대한 민감기이므로 분위기를 잘 조성해 주면, 굳이 학부모들이 걱정하지 않아도 될 만큼 폭발적인 습득을 하니, 아이의 개인 상황을 잘 관찰하여 한글을 제시해야 한다.

　한글을 습득하는 것은, 아이의 인생에서 엄청난 변화와 발전을 가져올 수 있는 전환적 기회가 된다. 한글을 스스로 읽고 해독하는 것은 한글로 된 모든 것과의 만남을 이룰 수 있고, 책을 접함으로써 오는 지식의 양은 태어나 성장해 온 과정에서 전혀 겪어보지 못한 신세계로 진입하는 길이 된다. 또한 다가올 미래를 위해 많은 정보와 지식을 습득할 수 있는 중요한 교두보 역할을 하므로, 아이가 한글을 잘 습득할 수 있도록 지혜롭게 유도하며 도와주어야 한다.

함께하는 학부모들

  유치원은 교사와 어린이와 학부모의 3박자가 잘 들어맞을 때 교육의 효과가 극대화된다. 그래서 꼭 필요한 것이 학부모 참여이다.
학부모들은 부모교육을 통해 자녀를 이해하고 지도하는 데 필요한 아동 발달에 관한 지식과 정보 및 태도 등을 익힐 수 있다. 자녀 교육에 대한 올바른 신념을 터득하고, 자녀 양육에 대한 긍정적인 변화로 자녀와의 좋은 관계를 유지할 수 있으며, 자녀의 심리에 대한 이해를 통해 문제 가능성을 미리 예방할 수 있다. 자녀들이 현대 사회에 적응할 수 있도록 도움을 받고, 전인교육의 실현과 미래를 향해 함께 나아가야 할 방법을 모색할 수 있다.

  신입생 모집 때부터 부모참여에 대한 강조를 많이 하였는데, 부모가 함께 참여하는 신입생 학부모 오리엔테이션부터 월 1회 학부모교육에 참여하는 것을 의무로 생각하는 사람들에 한해 유치원 학부모가 될 자격을 부여하였다.
신입생 학부모 오리엔테이션 때는 원장의 교육 철학 및 유치원 운영 프로그램을 소개하고, 학부모의 자세 및 가정에서 함께 발맞춰 아이들을 연계 지도해야 하는 내용으로 교육이 이루어졌다. 특히 아이들 교육에서 배제될 가능성이 많은 아버지의 역할에 대해 강조하였는데, 참여율뿐만 아니라 학부모들의 관심과 마음 자세에도 많은 영향을 미치는 듯하였다. 입학 전부터 이미 학부모와 신뢰에 바탕을 둔 관계가 정립되면 유치원 운영도 물 흐르듯이 잘 흘러갈 수 있다.

신입 원아 오리엔테이션 때 학부모 중 1명이 함께 동참하여, 기본생활습관 지도 방법을 학부모도 구체적으로 알아, 가정과의 연계가 잘 이루어지도록 하였다. 가장 기본적인 인사하는 법, 걷는 법, 옷 입고 벗는 법, 가방 정리하는 법, 신발 정리하는 법, 신발 신고 벗는 법, 의자에 앉는 법, 의자 정리하는 법, 손 씻는 법, 화장실 사용하는 법, 코 푸는 법, 휴지와 티슈 적절하게 사용하고 뒷정리하는 법, 책 보는 법, 문 여닫는 법, 연필 쥐는 법, 수저 잡는 법 등 집에서는 학습활동이라 할 수 없는 것까지 세밀하게 지도하는 것을 보면서 학부모들이 많이 놀라 덩달아 열심히 학습을 하였고, 집에서도 동일한 방법으로 아이들을 지도하도록 하였다. 집에서도 동일한 방법으로 아이들을 지도하니, 아이들도 혼란 없이 기본생활습관을 잘 익혀 유치원 적응에 많은 도움이 되었다.

학기 초 담임 교사와 학부모의 개인 면담을 통해 아이 특성과 지도할 때의 주의 사항, 아이의 장단점 등에 대해 이야기를 나누어 아이에 대한 정보를 교사가 잘 알고 지도하도록 하였고, 가정에서 함께 지도해야 할 부분에 대해서도 의견을 나누었다. 교사 개별 면담을 마친 후에는 통괄적인 지도 방법에 대한 원장과의 그룹별 면담도 동시에 이루어졌다. 짧은 시간이지만 아이에 대해 바로 알리고 정확하게 파악하는 면에서 학부모와 교사에게 많은 도움이 되었는데 1, 2학기 초에 각각 한 번씩의 정기적인 개별 면담을 계획하였다.

　학부모 전체가 월 1회씩 모여, 유치원에서 행하는 전반적인 교육 활동과 아이들의 활동 상황에 대한 안내를 받으며, 아이들의 심리적 정신적 특징 및 교육에 대한 전문적인 부분에 대한 강의와 워크숍을 통해, 학부모가 아이들 지도하는 데 도움을 받을 수 있도록 유치원에서 심혈을 기울여 부모교육을 준비하였다.
때로는 외부 강사를 초대하였고, 소그룹으로 모여 연령별 아이들의 교구 사용법과 교구가 지닌 교육 목적에 대해 알려주었는데, 부모교육에 참여한 부모들 대부분이 많은 도움을 받았고, 아이들과의 생활에서 오는 문제점, 부모들이 제대로 지도하지 못하는 점 등에 대한 반성을 하며 적극적으로 참여하였다.
집에 돌아가면 아이들에게 교육적으로 잘해보겠다는 결의의 마음도 얼굴에서 읽을 수가 있었는데, 학부모들의 표현을 빌리면, 한 3일 정도는 약발이 먹히지만, 그다음에는 다시 도루묵이 되어 학부모 본성대로 아이들과 씨름한다고 얘기하며 겸연쩍게 웃기도 하였다.

　연 1~2회 준비하는 학부모 참여 수업도 재미가 있었는데, 예전에는 참관 수업이라 하여 학부모들이 아이들 수업하는 것을 뒷짐 지고 바라보았지만, 요즘에는 학부모들과 아이들이 하루를 함께 수업하며 활동하는 날로 변화되었다. 아이들이 수업하는 장면을 잠시 참관한 후 아이들과 학부모들이 함께하는 활동들을 준비하였는데, 그때마다 활동

내용이 다양해서 아이들도 학부모들도 신나게 참여 활동을 하였다. 반별 재롱잔치를 준비하여 강당 무대에서 발표회도 하였으며, 함께 과학 활동과 요리 활동을 하는 등 하루가 분주하면서도 활기 넘치고 재미가 쏟아져, 아이와의 관계도 좋아지는 그런 날이 되었다. 집으로 돌아가는 아이들과 학부모들의 얼굴에는 행복의 미소가 떠날 줄 몰랐고, 교사들에게 감사의 마음을 전하는 것 또한 잊지 않았으며, 교사들의 수고로 풍성한 열매를 맺은 하루라는 생각이 들었다.

이러한 학부모 교육도 초등학교에서는 권고 사항이 되고, 학부모들의 참여도 높지 않아 사실상 아이들의 교육에 대한 여러 가지 지도법이나 안내는 유치원 때밖에 없다고 학부모들이 이야기하곤 했다. 학부모 활동에 참여하는 것에 대해 가끔 부담을 느끼기는 했지만, 그래도 자녀 양육에 많은 도움이 되었다고 평가하였으며, 초등학교에 간 학부모들은 그 시간을 그리워하였다.

교육은 가정과 유치원과의 연계가 잘될 때 효과가 있다. 유치원에서 교사가 아무리 열심히 노력하여도 집에서 같은 마음으로 보조를 맞춰주지 않으면 때론 물거품이 되는 느낌도 든다. 유아들의 활동 영역은 인성교육과 생활지도가 많은 부분을 차지하므로, 학습 중심의 다른 학령들과는 차이가 있기 마련이다. 손뼉이 서로 잘 맞아야 소리가 나듯, 유치원과 학부모가 서로 마음을 잘 맞춰 아이들의 교육에 의견을 모으고 잘 실행할 때 손뼉 소리가 나고, 아이들도 즐겁고 기쁘게 생활하며 성장할 수 있으므로, 학부모들의 적극적인 참여가 반드시 수반되어야 한다.

행복 학교

왜 사냐고, 사는 목적이 무엇이냐고 누군가가 질문을 던지면,
멈칫하며 대답을 쉬이 하지 못하는 사람들이 많다.
그래서 차근차근 대화를 풀어나가다 보면 행복하게 사는 것이 목적이
라는 결론에 도달하게 된다. 무엇이 행복인지, 어떻게 사는 것이 행복
한 삶인지 잘 알 수 없으나 행복에 대한 바람은 누구나 다 가지고 있는
듯하다.

ECHO 행복연구소[10]는 행복한 삶과 참 행복을 누릴 수 있는 원리와
방법에 대해 연구하는 곳이다. 행복 학교는 개인과 사회가 더 행복할
수 있도록 행복의 원리를 배우고 연습하며, 행복을 향해 마음을 다듬
어 나가는 훈련의 장場이다.
인간은 태어나면서부터 누구나 다 행복할 권리가 있고 행복으로 초대
받았으므로, 인류가 행하는 모든 활동들은 사실상 인간의 행복을 향해
나아간다고 볼 수 있다.
사람들이 추구하는 참 행복이란, 삶의 의미와 가치를 찾아서 보람 있

---

10) 행복을 향한 마음 다듬기. 박영호, 김연진. ECHO 행복연구소. 2019. 내용 발췌.

게 살아가는 것이며, 자신의 강점과 자신이 지니고 있는 자원과 존재감을 발휘하여 자신을 펼쳐나가는 것이고, 정서나 판단이 즐겁고 좋은 상태를 말한다. 즉, 지금 여기 일상에서 즐겁게 자신을 펼칠 수 있고, 의미와 가치 있는 일을 행함으로써 보람을 느끼며, 자신의 존재가 충분히 피어나는 충만하고Flourish 자유로운 상태를 말한다.

　행복한 삶에 대해 많은 학자들이 연구하고 분석한 결과, 행복에 미치는 영향 중 유전적 요인이 50%이고, 외부 환경적 요인이 10%이며, 의지적 요인이 차지하는 비율이 40%이다. 유전적 요인이란, 행복을 감지하고 경험하는 데 있어 타고난 성향 등의 유전이 차지하는 비율을 말하며, 외부적 요인인 10%는 우리가 흔히 생각하는 행복의 조건인 재산, 지식, 학벌, 권위, 명예, 건강 등을 말하는데, 우리가 생각하는 것과는 달리 외부적 요건으로 인한 행복은 불과 10%밖에 되지 않는다. 그런데 많은 사람들은 이 10%가 인생의 최대 목표인 양 착각하고 그것을 향해 온 마음과 시간을 투자하며 살아가고 있다.
　행복은 학습을 통해 얻을 수 있다. 행복에 영향을 미치는 의지적 요인이 40%를 차지하는 것은 인간이 학습과 의지적 노력에 의해 행복한 삶으로의 전환이 가능하다는 이야기이다.
행복 학교는 이 40%를 어떻게 개인이 유지하고 노력하고 관리해야 하는가에 대한 여러 가지 방법들을 실행하며, 인간의 행복지수를 올리고자 하는 데 기여하고 있다. 행복을 추구하고자 하는 열망으로, 행복한 삶을 향해 나아갈 수 있는 지식을 익히고 꾸준히 연습하여, 행복에 대한 기술이 몸에 배어 습관화되면 곧 행복한 삶을 영위할 수 있게 된다.

우연한 기회에 행복 학교에 입문하여 코치가 되면서, 유치원 어머니들에게 그룹별로 행복에 대한 코칭 프로그램을 진행하였다. 12명 정도의 소그룹으로 구성하여, 프로그램에 따라 함께 생각하고 이야기하며, 때로는 강의식으로 때로는 소그룹 토의를 통해 행복을 향한 마음 다듬기 훈련을 하였다. 대부분 아직 젊고 인생의 아픔과 고뇌를 덜 경험한 사람들이라 그런지 단순하고 순수하게 잘 따라와 주었으며, 평소 아이들과 함께 생활하면서 자신에 대해 느낀 나약함 안에 진정으로 행복이 깃들어 있음을 발견하면서, 행복한 가정을 꾸려나가려는 의지로 가득 찼었다.

저녁 시간에는 퇴근하고 오시는 아버지들을 위한 행복 학교도 개설하였는데, 대화를 나누는 과정에서 굉장히 진중하고 마음을 다해 임하는 것을 느낄 수 있었고, 사회생활을 하면서 사람들과의 관계에서 거리를 둘 수밖에 없었던 관계 형성이, 행복 학교에서는 허심탄회하게 대화가 이루어지며 마음의 안정과 작은 행복을 찾는 듯하였다. 어머니들과 함께 나누는 대화보다 훨씬 더 단순하고 솔직하며, 진지하게 자신을 드러내는 모습이 감동적이었다.

8차례에 걸쳐 행복 학교를 통해 학부모들이 행복으로 나아가는 삶의 훈련에 동반했는데, 행복 학교에 입문하고자 하는 사람들의 요청이 더 있었으나 준비하는 과정에서 사정으로 인해 계속할 수는 없었지만, 행복 학교에서 만났던 학부모들이, 그때 함께 행복 학교에서 수업했던 시절이 너무 행복했고 그리워진다는 얘기를 들으면, 나도 괜히 가슴이 벅차올랐다.

행복을 향해 나아가는 사람들의 마음은 다른 사람들보다 먼저 마음이 열려 있으며, 자신의 삶에 충실하려는 열정이 있고, 가족과 함께하는 소박한 노력으로 행복한 가정을 이루려는 열망을 가지고 있음을 경험하였다.

학부모들은 행복 학교를 통해 의식의 전환이 많이 이루어졌고, 그동안 느끼지 못했던 일상의 소소함 안에 행복이 들어있음을 발견하는 기쁨을 느꼈다. 행복이 산 너머 멀리 있는 것이 아니라 바로 자기 눈앞에 있었는데, 그걸 미처 발견하지 못해 행복은 남의 것이라고만 생각했던 것을 자각하여, 자신과 가족 안에 행복이 있음을 깨닫는 아주 소중하고도 은혜로운 시간들이었다.

행복을 향해 나아가도록 도움 주신 ECHO 행복연구소 신부님과 소장님, 함께 행복지기로 살아가는 행복 학교 동기 수녀님들의 지지와 긍정 에너지에 힘입어, 오늘도 기쁘고 감사한 마음으로 행복의 나라를 만들며 걸어가고 있다.

저자 | 들풀

· ECHO 행복연구소 행복코치

· 부산 중앙 성심유치원(폐원)을 시작으로
  13개 유아교육기관을
  하느님의 영에 따라
  바람처럼 나그네 되어 33년을 지냄

· 대구가톨릭대학교/계명문화대학교/가톨릭상지대학교/문경대
  학교 외래교수 역임
· 한국천주교여자수녀회 장상연합회 유아교육분과 연구부팀장/
  연구부장/회장 역임
· 한국천주교주교회의 교육위원회 교육위원/천주교대구대교구
  환경위원 역임
· 실천유아교육학회 이사/대경유아교육학회 이사 역임

저서
- 하늘나라 어린이나라
- 착한목자예수님
  (한국천주교여자수녀회 장상연합회 유아교육분과 책임연구원)
- 가톨릭유아교육과정 1,2권
  (한국천주교여자수녀회 장상연합회 유아교육분과 책임연구원)
- 구약그림동화책시리즈
  (한국천주교여자수녀회 장상연합회 유아교육분과 책임연구원)
- 신약그림동화책시리즈
  (한국천주교여자수녀회 장상연합회 유아교육분과 책임연구원)

교재 교구제작
- 착한목자예수님 자료집 관련 종교교육 교재 교구 31종
  (한국천주교여자수녀회 장상연합회 유아교육분과 책임연구원)
- 구약그림동화시리즈
  (한국천주교여자수녀회 장상연합회 유아교육분과 책임연구원)

강연
- 착한목자예수님 종교교육 교구별 전국 순회강연
- 가톨릭유아교육과정 전국 순회강연

수상
- 가톨릭 환경상(기관명)
- 늘푸름 환경상 대상(기관명)